D1659838

FVA

# Véronique Ovaldé

# NIEMAND HAT ANGST VOR LEUTEN, DIE LÄCHELN

Roman

Aus dem Französischen
von Sina de Malafosse

FRANKFURTER VERLAGSANSTALT

# I

## Flucht in den Wald

## 1

Gloria war schon seit so langer Zeit bereit, dass sie, als sie ihre Entscheidung getroffen hatte, kaum eine Stunde benötigte, um alles zu packen, die Ausweise, Impfpässe und die Beretta ihrer großen Liebe, für Stella zwei Exemplare aus dem Stapel mit den noch ungelesenen Büchern, für Loulou zwei Plüschtiere sowie ihr liebstes Schaffell, das Mastermind-Spiel aus dem Chaos in Stellas Zimmer, für jede von ihnen ein Paar Schuhe, dazu Zahnbürsten, Doliprane, Thermometer, Läusekamm und warme Kleidung. Dort, wo sie hinfahren würden, wäre es kalt, und die Mädchen hatten in ihrem ganzen Leben noch nie gefroren.

Sie schloss die Fensterläden auf der Südseite, wie sie es tagsüber immer tat – sie vermutete, dass er regelmäßig am Haus vorbeikam, wollte, dass alles ganz normal aussah. Das würde ihnen ein paar Stunden Vorsprung verschaffen.

Am Morgen hatte sie Loulou an ihrer Schule abgesetzt, Stella war mit ihren Freundinnen mit dem Bus gefahren und Gloria hatte sich jeden Gedanken an das, was sie ihnen später am Tag und von jetzt an zumuten würde, verbieten müssen. Sie hatte sich den Gedanken verbieten müssen, dass Stella ihre Freundinnen zum letzten Mal sah, obwohl die inzwischen ihr ganzes Leben bestimmten und sie ihre Zeit damit verbrachte, sie nach Hause zu begleiten, um dann wiederum von ihnen nach Hause begleitet zu werden. Sobald sie über die Schwelle der Wohnung trat, tauschte sie sich über das Handy mit ihren Freundinnen aus (du legst auf, nein, du legst jetzt auf, nein, nein, du legst auf, wir legen auf bei drei und danach schreiben wir uns), mit der immer stärkeren Überzeugung, dass die Vorgänge zu Hause sie nicht das Geringste angingen.

Gloria rief bei der Schule der Kleinen und beim Gymnasium der Großen an. Sie sagte etwas von einem familiären Notfall und dass sie die Mädchen in einer halben Stunde abholen komme. Man kannte sie. Man wusste, dass das Leben der Mädchen nicht immer einfach war. Man genehmigte es.

Dann legte Gloria ihr eingeschaltetes Handy auf den Tresen zwischen Küche und Wohnzimmer und schaute sich um, auf ihren Schultern der Rucksack, zu ihren Füßen der Rollkoffer, der so riesig war, dass er in der kleinen Wohnung wie ein Frachtcontainer wirkte. Sie stellte fest, dass sie, der Lage zum Trotz, das Gefühl des »Nie wieder« mochte, das dem Augenblick eine spezielle Note verlieh, es war wie eine Chance, die sie sich selbst gab, diese ganze Wunschvorstellung von einem zweiten Leben, wer träumt nicht davon; sie drehte sich einmal um sich selbst, Standuhr, Zeichnungen an den Wänden, Magnete am Kühlschrank, CDs, leuchtendes Monster auf dem Fernseher und in der Spüle das Geschirr, das schließlich versteinern würde, Pompeji, es erinnerte sie an Pompeji; alles, was für so lange ihr Leben ausgemacht hatte, würde nicht mehr bewegt werden, alles würde verstauben, verschimmeln, verfilzen, bis die Dinge aussähen wie mit Fell überzogen.

Sie ging die Treppe runter, nahm die Seitentür des Gebäudes, durch die der Müll rausgebracht wurde, und ließ den Koffer in dem Winkel für die Kinderwagen stehen. Dann holte sie das Auto, das sie nicht wie sonst auf dem Parkplatz im Untergeschoss, sondern zwei Straßen weiter abgestellt hatte, hielt vor der Tür, holte rasch den Koffer, aktivierte das Prepaid-Handy, das sie am Vortag gekauft hatte. Und fuhr die Mädchen abholen.

Zuerst war Loulou dran. Das war einfacher. Es war halb elf. Eine Stunde vor dem Kantinenessen. Loulou würde Hunger haben, aber sie wäre auf jeden Fall lieber – verständnisvoller? bereitwilliger? vertrauensvoller? – als Stella. Und wirklich stieg Loulou, während sie ihre Anekdoten eines sechsjährigen Mädchens zum Besten gab, ins Auto, als wäre es das Normalste der Welt, dass ihre Mutter sie mitten am Vormittag von der Schule abholt, so dass nicht mal ein solches Ereignis ihr unaufhörliches Geplapper bremsen konnte. Sie erzählte von einer Pyjamaparty, die in der nächsten Woche bei Sirine stattfinden sollte, die sie auf dem Hof geschubst habe, und dann von ihren beiden Vorderzähnen (es gab möglicherweise einen dritten), die bald ausfallen würden, und von ihrer Angst, sie zu verschlucken, wenn ihr dies im Schlaf geschehen sollte. Sie teilte ihrer Mutter mit, dass sie die geraden Zahlen lieber habe, da bei den ungeraden immer eine allein zurückbleibe. Sie plapperte weiter, während sie, von ihrem erhöhten Sitz auf der Rückbank aus, durch das Fenster die Küste und die Palmen betrachtete.

»Wir holen deine Schwester ab«, sagte Gloria. Und Loulou wirkte erneut so, als ob sie das völlig normal fände.

Wie ihre Mutter befürchtet hatte, war Stella in einer ganz anderen Verfassung. Sie brauchte eine Ewigkeit, um den Unterricht zu verlassen. Gloria stand sich vor dem Kabuff des Schulwächters die Beine in den Bauch, sie wusste, was der junge Mann, der auf ihr Dekolleté starrte, auf ihre 80E, über sie dachte, dabei sah er jede Menge hübscher Mädchen, die sich halbnackt in der Schule tummelten, es war schwer, sich vorzustellen, was er an einer wie ihr fand, einer Frau, die schon einiges erlebt hatte, einer erfahrenen Frau, schwer zu begreifen, bei all den frisch sprudelnden Hormonen direkt hinter den Mauern der Schule, Hormone, die dringliche Botschaften an die aussandten, die sie empfangen wollten, »Hol mich schnell hier raus, entreiß mich diesem Leben, ich bin bereit, dir bis ans andere Ende der Welt zu folgen«. Schwer zu begreifen, aber nicht unmöglich.

Endlich kam Stella heraus, ging so langsam wie möglich über den Hof zum Gitter, hinreißend und nervtötend, bereits sinnlich, ein wenig Akne an den Schläfen, der Nacken frei unter einem strengen Knoten aus zweifarbigem Haar (sie war als Kind blond gewesen und wurde nun brünett), so langem Haar, dass es, wenn sie es offen trug, ein eigener Teil ihrer Persönlichkeit war. Schwarzes T-Shirt, schwarze Hose und weiße Turnschuhe mit Filzstiftgekrakel. Gloria dachte, ich muss aufhören, sie *die Mädchen* zu nennen, Stella ist kein Mädchen mehr, und sie bemerkte erneut, wie unfrei ihre Tochter durch diesen Körper wirkte, der sich veränderte, ohne nach ihrer Meinung zu fragen.

Doch in diesem Augenblick war Gloria vor allem danach, sie zu schütteln.

»Wir haben es eilig«, stieß sie zwischen zusammengebissenen Zähnen hervor.

Halb verborgen unter ihrem Pony, ihren Rucksack, der mit

Tipp-Ex-Botschaften übersät war, über der niedrigeren Schulter (wie sonderbar, diese Schultern, die zusammen fast eine Diagonale bilden), diesen Schulrucksack, der ihr in den kommenden Monaten nicht viel nützen und ebenfalls zu einer Art Mini-Pompeji werden würde, aber davon hatte sie natürlich noch keine Ahnung, wie auch, sagte Stella:

»Was ist das wieder für eine Scheiße?«

»Deine Schwester wartet«, als wäre das eine Antwort.

Stella folgte ihrer Mutter zum Auto und wollte vorne einsteigen, aber der Sitz war von Glorias riesigem Rucksack blockiert.

»Setz dich nach hinten zu deiner Schwester.«

»Kannst du den nicht in den Kofferraum stellen?«

»Setz dich zu deiner Schwester. Wir haben ein Stück zu fahren. So kann sie sich zum Schlafen bei dir anlehnen.«

Seufzend stieg Stella hinten ein. Das war ihre neue Art zu kommunizieren, Seufzer und Achselzucken. Loulou bot ihr Chips an. Mit einem Kopfschütteln lehnte Stella ab.

Gloria setzte sich ans Steuer und hielt dann über ihre Schulter die Hand auf: »Dein Handy.«

Stella runzelte die Stirn, aber sie war scharfsinnig genug, um zu verstehen, dass die Mutter ihr das Telefon nicht aus einer Laune heraus entriss. Auf einmal wirkte sie beunruhigt. Sie gab Gloria das Handy.

»Was ist los. Wo fährst du mit uns hin?«

Und Gloria dachte, Oh ja, stimmt, das wird nicht einfach werden. Ich muss ein paar Dinge erklären, damit Stella ohne Aufstand mitkommt. Ich muss ihnen erzählen, womit das alles angefangen hat.

## 2

Als Gloria Samuel das erste Mal sah, dachte sie, Da haben wir einen, der ganz und gar unerreichbar für mich ist.

Sie war siebzehn Jahre alt und Kellnerin in der Hafenbar *La Traînée* (damit war wohlgemerkt nicht *das Flittchen* gemeint, sondern der Luft- und Wasserwiderstand eines Schiffes). Die Bar gehörte ihrem Onkel, der weder der Bruder ihres Vaters noch der ihrer Mutter war, den sie aber schon immer Onkel genannt hatte. Als er sie einstellte, hatte er betont, dass er dies im Andenken an ihren Vater tue. Es war nicht nötig, das eigens zu erwähnen. Sie war genauso geschickt wie die anderen Mädchen, nicht weniger tüchtig, nicht weniger liebenswürdig, sie kam mit den Pöblern und Trinkern zurecht, war pfiffig genug, um mit Gewandtheit und Überzeugungskraft unwillkommene Anrufer abzuwimmeln (wenn die Frau des alten Momo anrief, fragte sie laut, während sie Momo direkt in die Augen schaute: »Hat heute jemand Maurice Fernandes gesehen?«), und sie allein war schlauer, als alle Gehirne im Bistro zusammengenommen. Aber es war Onkel Gios Art (er hieß Giovannangeli), ihr deutlich zu machen, sie solle nicht mehr erwarten als das, was er ihr ermöglichte, und dass sie für diesen Gefallen auf ewig in seiner Schuld stehe. Tatsächlich war es sogar noch komplizierter – ihre Beziehung war schwierig. Onkel Gio mochte sie, er hatte sie schon immer gemocht (wir kommen noch auf Glorias Kindheit zu sprechen). Was die Bar und andere kleine Geschäfte betraf, war er der Partner von Glorias Vater gewesen, aber er wollte klarstellen, dass sie keine bevor-

zugte Behandlung erfahren würde, damit die anderen
Angestellten ihr auf Augenhöhe begegnen konnten. Was
Glorias Leben einfacher machen würde. Und seines neben-
bei auch.

*La Traînée* war keine dieser gemütlichen Bars mit Teak-
holzmöbeln, in denen man bittersüße, glitzernde Cocktails schlürft (Schirmchen, Limettenscheibe, Minzblätt-
chen usw.), während man bei gedämpftem Licht und leiser
Musik auf einem Barhocker kippelnd die Zeit totschlägt
und dabei zerstreut den Blick schweifen lässt, die Beine
übereinandergeschlagen in der Luft. Nichts dergleichen.
*La Traînée* war für Kerle, die von der Arbeit kamen oder
die üblichen Trinker ohne Zuhause oder Ziel. Es gab auch
weibliche Gäste. Aber die waren vom gleichen Schlag wie
die Männer.

Zur Essenszeit wurde Pizza serviert. Es roch nach Holzkohle, Oregano und Bier. Die wahre Leistung war der
Verzicht auf Plastik: ein Tischkicker, Hocker, ein flecki-
ger Spiegel, viel Tannenholz, Tannenholz und noch mehr
Tannenholz und Fliesen. Es fehlten nur noch die Säge-
späne auf dem Boden.

Onkel Gio war einer dieser Männer mit Halbglatze und
Zöpfchen, die eine selbsttönende Brille (Modell Heli-
kopterpilot mit gelblichen Gläsern, die den Planeten wie
einen toten Stern aussehen ließen) und zerknitterte Lei-
nenhemden über Cargo-Shorts tragen und mit einer kleinen Ledertasche über der rechten Schulter durch die Stadt
ziehen, in der ihre Papiere, Wagenschlüssel und Herzpillen
stecken. In einer anderen Zeit hätte er alles in eine unter
dem Speckbauch baumelnde Gürteltasche gestopft. Da

er der Gürteltasche (und dem Speckbauch) entkommen war (beides abgelegt hatte), hielt er sich mit seiner kleinen Herrenumhängetasche für elegant.

Onkel Gio besaß zum einen die Bar, zum anderen ein Fischerboot und zu guter Letzt die (ihm zufolge) weltweit größte Privatsammlung von Spieluhren. Seinem Freund, Glorias Vater, hatte er in alten Zeiten, in denen prahlerisches und versoffenes Geschwätz ihr geteiltes Los war, einmal anvertraut, dass er ein Fabergé-Ei aus Bergkristall sein Eigen nannte, in dessen Inneren sich ein Rosenstrauch befand, in dessen Mitte, wenn man das Ei öffnete, ein Schwarm singender und flatternder Vögel erschien. Meisen, wenn ich mich recht erinnere. (Was die Geschichte des Fabergé-Eis betrifft, bleibe ich skeptisch: Anscheinend ist dieses legendäre Ei im Dezember 1925 bei dem Brand in der Rue Simon-Crubellier 11 im 17. Pariser Arrondissement zu Asche verkohlt.)

Seiner neuesten moralisierenden Haltung entsprechend, aß Onkel Gio nichts von dem, was in seinem eigenen Lokal aufgetischt wurde, sondern fuhr lieber fast täglich in der Morgendämmerung aufs Meer und fing sich einen Seebarsch (auch wenn er den Raubfischen nicht ganz traute: Die langlebigen Biester waren vollgestopft mit Quecksilber) oder eine Makrele oder eine Handvoll Stinte und trank eingeschlossen in seinem Büro grünen Tee, literweise grünen Tee, einen japanischen Tee aus biologisch zertifiziertem Anbau, von dem er einmal im Monat ein Paket mit der Post bekam – ein Paket Heu, wie Gloria sagte, die Tee für ein Altmännergetränk hielt, wie Bitterschnaps oder Kräuterlikör. Er hatte versucht,

Gloria von seiner Sicht der Dinge zu überzeugen. Aber er merkte natürlich, dass man als Siebzehnjährige lieber eine Vier-Käse-Salami-Pizza aus dem Ofen der Bar isst als gedämpftes Fischfilet mit perfekt gezogenem Tee.

Er vertraute niemandem, aber er war sentimental und hatte eine Schwäche für die Tochter seines leichtsinnigen alten Freundes – man raucht nicht einfach weiter, trotz der Gefahr von Lungenkrebs, trotz all der Warnhinweise und der Tabaklobby und der Unsummen, die das Rauchen dem Staat einbringt und dem ganzen Tamtam.

Gloria war mit sechzehn von der Schule abgegangen. Ihr Vater war gerade gestorben. Sie hatte ihn auf dem Friedhof von Vallenargues bestatten lassen, weit weg vom Familiengrab. Sogar die Mutter ihres Vaters hatte, obwohl sie ihr ganzes Leben an der französischen Mittelmeerküste verbracht hatte, mitten im Kastanienwald ihres korsischen Dorfes vergraben werden wollen. Wodurch Glorias Vater zum ersten Mitglied der Familie Marcaggi wurde, das auf französischem Festland zu Erde und dann zu Staub zerfiel. Er hatte gesagt: »Bei all dem Napalm in meinen Adern werden mich die Würmer verschmähen.« Er meinte die Chemo. Gloria wusste, dass er schon immer Angst vor Feuer gehabt hatte, dass eine Einäscherung daher nicht in Frage kam und ihm die Heimführung seines Leichnams nach Korsika egal war.

Natürlich hatte sie seine Anweisungen befolgt.

Ihre Mutter war nicht einmal zur Beerdigung gekommen. Also dachte Gloria, Nun gut, wenn es so sein soll, komme ich eben allein zurecht. Sonderbarerweise hatte diese Aussicht sie nicht in Trübsinn versinken lassen, auch wenn sie sich natürlich geschwächt fühlte durch den Tod ihres Vaters (mir wurde ein Stück meiner selbst genommen, aber wo ist dieses Stück hin? Und was fange ich an mit dieser Leerstelle?), ihm, der in all den Jahren treu an ihrer Seite gestanden hatte (seit Glorias Mutter sich entschlossen hatte, sich mit ihrem Zahnarzt davonzumachen), auch wenn sie mitansehen musste, wie er sich vom Weggang seiner Frau nicht erholte, wie soll das im Übrigen auch gehen; so oft heißt es, wenn man einen Verlust oder eine brutale Trennung erlebt hat, dass die Zeit alle Wunden heilt, nun, Sie müssen wissen, dass es Menschen gibt, für die Trauer unendlich ist, und wenn sie dennoch beschließen, am Leben zu bleiben, dann nur, weil sie für jemanden die Verantwortung haben, für gewöhnlich für ein Kind, aber ehrlich, wenn das nicht so wäre, wenn ihr endgültiger Abschied nur leicht auf den Schultern von jemand anderem lasten würde, wenn man ihnen die Wahl ließe, würden sie aufgeben, sich hinten im Garten aufhängen oder die ganze Nacht draußen mit zwei Wodkaflaschen unter dem Arm und dann im Magen verbringen, obwohl minus fünfzehn Grad herrschen (was, es sei gesagt, nur schwerlich rasch und effizient umzusetzen ist, wenn man in Vallenargues am Mittelmeer lebt).

Wie dem auch sei, Gloria fand sich minderjährig allein wieder, aber da ihre Mutter noch lebte, fälschte sie bei jedem Verwaltungsakt deren Unterschrift. Man ließ sie in Frieden in der blauen Strandhütte leben (wirklich eine blaue Hütte, gute zehn Jahre zuvor von ihrem Vater so gestrichen, eher Cyan, würde ich sagen, eine helle und leuchtende Farbe und ein wenig zu grün für ein Blau). Wenn ihr Vater »Hütte« sagte, dann weil beim Bau des kleinen Hauses vorwiegend Holz verwendet worden war und es am Meer lag. In den Bergen hätte er es als Chalet bezeichnet, in einem städtischen Vorort als Bungalow.

Und dann war da Onkel Gio, der beim kleinsten Problem zur Stelle war, auch wenn man im Umgang mit ihm eine leichte Paranoia entwickeln konnte. Er redete dummes Zeug über eine weltweite Verschwörung und eine Invasion, die vom Meer käme: Er setzte sich regelmäßig am Hafen von Vallenargues auf einen Klappstuhl, um mit seinem Fernglas den Horizont abzusuchen. Seit kurzem ersetzte er seine Herzpillen durch Jodtabletten, wie man sie bei einem Atomunfall einnimmt – er nannte es nicht Atomunfall, sondern »massiver Ausstoß von radioaktiven Nukliden in die Umwelt«. Er schloss sich in seinem Büro ein, um Radiosendungen über den Zusammenbruch der Gesellschaft, die Ausdehnung des Universums oder hormonelle Störungen zu hören. Untersuchungen zu paranormalen Phänomenen mochte er besonders, auch wenn sie am Ende immer ein wenig enttäuschend waren.

Er war, so glaubte Gloria, auf nette Weise übergeschnappt. Gloria ihrerseits war gewitzt und streitlustig, hatte keine Angst vor dem Alleinsein, übte sich sogar mit einem gewissen Talent darin. Sie war jemand, der laut *Gut gemacht, Mädchen* sagte, wenn sie aus dem Supermarkt zurückkam oder staubsaugte. Die Gesellschaft von anderen hatte ihr nie behagt, weder als Kind noch als Jugendliche, die Mädchen waren falsche Schlangen und die Jungs lüsterne Affen, und sie fand sie alle zusammen laut und langweilig, nie wäre ihr in den Sinn gekommen, die einzelnen Charaktere zu studieren, stattdessen dachte sie über Leute, die sie nicht kannte, nur in Allgemeinplätzen, und es schien ihr vergebliche Mühe, eine Beziehung aufzubauen und zu pflegen. Sie hatte diejenigen nie verstanden, die es nicht schafften, allein in der Kantine zu essen, und sich lieber zu Leuten an den Tisch setzten, die sie nur mäßig mochten, als sich mit ihrem Kunststofftablett abseits einen ruhigen Platz zu suchen. Sie konnte sich zwar selbst nicht besonders gut leiden, aber immer noch besser als die anderen. Eine Haltung, die einen auf gewisse Weise von seinen Zeitgenossen isoliert. Es ist nicht auszuschließen, dass sie ihre Vorliebe für das Alleinsein als Zeichen für Überlegenheit ansah. Diese Haltung hatte sie im Übrigen dazu gebracht, eine Vielzahl von Methoden gegen trübe Gedanken zu entwickeln – da trübe Gedanken eine unangenehme Nebenerscheinung des Alleinseins sind.

(Man hat nie genug gute Rezepte gegen trübe Gedanken, hier ein paar, die von Gloria Marcaggi getestet und für gut befunden wurden: sehr laut den Soundtrack von *Blues Brothers* oder die *Gymnopédies* von Erik Satie hören; im Wohnzimmer tanzen, die Arme in die Höhe gereckt und die Haare im Gesicht, zum neuesten Hit mehr oder weniger heftig auf und ab springen und so die Lähmung abschütteln, die einem Steine über die Schädeldecke hüpfen lässt; eiskaltes Sprudelwasser trinken, während man in einem Schaukelstuhl wippt und einen guten Krimi liest; auf der Vortreppe der Hütte rauchen und zusehen, wie die Sonne im Meer versinkt, und das ohrenbetäubende Spektakel der Mauersegler betrachten, die mit schrillem Rufen die Wasseroberfläche streifen; in der Sitz-

badewanne der Hütte ein Bad nehmen, bis die Grenzen
des eigenen Körpers verschwimmen, und dieses Gefühl
des Sich-Auflösens auskosten, Mattigkeit und Beruhi-
gung daraus ziehen (aber AUF KEINEN FALL den eigenen Körper im Spiegel ansehen, wenn man aus der Wanne
steigt, denn das würde die wohltuende Wirkung des warmen Wassers sofort zunichtemachen – entweder gefällt
einem der Körper nicht oder man ist traurig, der Einzige
zu sein, der ihn nackt sieht); die neurasthenischen Pflanzen auf der Vortreppe pflegen, sie beschneiden, wässern,
ihnen etwas vorsummen; mitten am Tag mitten in der
Woche ins Kino gehen und sich in die Mitte des leeren
Saals setzen, fünfte Reihe, achter Sessel, es sich gemüt-
lich machen und seine Sachen auf die vier Nachbarsessel
verteilen, was eine besondere Form von Luxus darstellt;
eine Tafel dunkle Schokolade mit 83 Prozent Kakaoanteil
aus einem schicken Geschäft essen, wo die Tafel in eine
samtige Papiertüte mit weißen Kordeln geschoben wurde,
weil sogar eine derart köstliche Schokolade zumeist ein
nicht allzu dekadentes Vergnügen ist; ins morgendlich
kalte Meer eintauchen, nur kurz schwimmen, einzig um
zu spüren, wie die Haare herumwirbeln, schwer werden,
sich aufdrehen, und schließlich wieder auftauchen, mit
einem so glatten, schwarzen Schädel wie ein Seehund von
den Kerguelen, sich dann an den Strand legen, mit ausge-
breiteten Armen, und dem Rauschen der Brandung und
dem Flüstern des Sandes zuhören, der niemals stillliegt,
und sich so leicht fühlen wie eine Pusteblume; im Juli tief
über die Vespa gebeugt die Steilküste entlangrasen und
dabei über die Ohrstöpsel laut die Buzzcocks hören; etwas

sehr Scharfes essen, die Pizza mit Tabasco beträufeln, ein Gericht vom anderen Ende der Welt probieren, das den Körper zum Glühen bringt, ein Gericht, das es nicht gibt; Gin mit ein klein bisschen Limonade trinken, aber das wirklich nur als letzten Ausweg – am Morgen darauf ist man trauriger als je zuvor, aber manchmal muss man die trüben Gedanken sofort abwürgen, komme, was da wolle.)

Solange ihr Vater im Pasteur-Krankenhaus blieb, hatte sie ihn jeden Tag besucht; sie las ihm aus der Zeitung vor oder brachte ihm Kreuzworträtsel aus Fernsehzeitschriften mit und löste sie für sie beide, denn er hatte nicht mehr genug Kraft, um einen Stift zu halten; sie verbrachten den Nachmittag hinter den geschlossenen Jalousien im Takt ihrer Fragen: »schlüpfrig und herzhaft mit sechs Buchstaben«, es war so warm, sie in dem grauen rissigen Sessel, der an den Oberschenkeln klebte, die Füße auf dem gewellten Linoleumboden, und er halb aufgerichtet auf seinem Schmerzenslager, ein Glas lauwarmes Wasser und den Klingelknopf in Reichweite. »Komm mich besuchen, aber schau mich nicht an«, hatte er zu ihr gesagt. »Ich will nicht, dass du mich ohne Haare und Augenbrauen in Erinnerung behältst.« Gloria hatte geantwortet: »Ich verbiete dir zu sterben«, und er hatte gelacht, bevor er von einem Hustenanfall geschüttelt wurde.

Er hatte ihr von dem Geld erzählt, das er auf der Bank hatte, und von dem Anwalt, der sich bis zu ihrer Volljährigkeit um alles kümmern würde. Sie dachte nur, Warum ein Anwalt? Mein Vater braucht also einen Anwalt?, aber sie hatte nur geantwortet: »Ich verbiete dir zu sterben.«

Am Ende hatte er dran glauben müssen. Und anfangs hatte Gloria ihm das übelgenommen. Sie empfand es als Erleichterung, wütend zu sein. Sie tobte in der blauen Hütte am Meer, sie schrie Zeter und Mordio, weinte und trank Gin mit etwas Limonade. Immerhin hielt sie das davon ab, sich auf die Seite fallen zu lassen wie ein altes Pferd. Und schließlich hatte man ein paar Sachen zu erledigen, der Tod kam mit einem Rattenschwanz an Verpflichtungen, Onkel Gio hatte ihr geholfen. Sie brachen nicht wenige Gesetze – sie war minderjährig, er kein Teil der Familie. Aber sie schafften es, ihn zu bestatten und in goldenen Buchstaben Name, Geburts- und Sterbedatum in den Grabstein meißeln zu lassen, verziert mit einem hübschen Satz, der ihrem Vater sehr gefallen und den Gloria geerbt hatte: »Komme, was da wolle.«

Am Ende hatte sie festgestellt, dass sie mit der Abwesenheit ihres Vaters leben konnte, so als würde sie jeden Morgen einen durchsichtigen Schal aus ihren Gefühlen umlegen oder auch ein Kleidungsstück überziehen, das nur sie glitzern sah, ein Kleidungsstück, das unglaublich leicht, aber unzerstörbar war, ein Stück aus feiner Wolle, das sie wie eine unsichtbare Rüstung schützte.

Es war klar, dass sie nicht in die Schule zurückkehren würde, und Onkel Gio hatte ihr den Job als Bedienung in der Bar angeboten. Er war nicht so einer, der darauf bestand, dass sie weiter zur Schule ging, er neigte eher dazu, staatliche Bildungseinrichtungen als Sammelbecken für linke Bazillen (Schüler wie Lehrer) zu sehen, und bei dieser Maskerade mitzuspielen war in seinen Augen gefährlich (verweichlichend, vergiftend). Gloria sagte sich, dass sie später oder viel später immer noch Fernunterricht nehmen könnte; der Gedanke, allein zu lernen und nur mit unsichtbaren Lehrern zu kommunizieren, gefiel ihr; sie würde sich an den Tisch in der Hütte setzen oder in eine Bibliothek, mit Kopfhörern und gerunzelter Stirn, damit niemand auf den Gedanken käme, sie zu stören, zuerst bis zum Abitur, dann würde sie Philosophie oder Kunstgeschichte studieren, oder auch Informatik, da war sie sich nicht sicher.

Onkel Gio mochte Glorias solide Seite. Er sagte, dass sie für die Arbeit in der Bar notwendig sei. Und auch, um ganz allgemein am Leben zu bleiben. Er hatte schon immer gesagt, sie sei »kräftig« (in Vallenargues nannte man Mädchen kräftig, wenn sie voller Lebensfreude waren, es galt als Kompliment). Auch als Jugendliche blieb Gloria klein, sehr klein (die Alten sagen ständig, dass die Menschen der jüngeren Generationen riesig seien und wie Palmen wüchsen, wenn man also klein ist, fühlt es sich an, als hätte man den Zug in die modernen Zeiten verpasst), sie hatte breite Hüften, eine schlanke Taille und einen vollen Busen. Den Körperbau einer Pariser Muse aus dem 19. Jahrhundert. Denken Sie nicht, dass sie ihr Aussehen vorteilhaft fand. Sie hasste ihre Brüste und alles, was damit zu tun hatte. Wie sollte man mit solchen Brüsten distinguiert oder intelligent wirken. Sie glaubte auszusehen wie ein Mädchen vom Dorf. Oder ein armes. (Oder wie ihre Urgroßmutter.) Nur solche Menschen hatten Beine voller blauer Flecken, schwere Brüste, rote Wangen und Knöchel, die bei warmem Wetter anschwellen. Wie sollte sie ihr familiäres Erbe abschütteln? Sie nahm ihre Brüste wie alle Schalck-Frauen: als unabwendbares Schicksal. Sie wäre lieber eines dieser anämischen Mädchen gewesen, bei denen man die Schlüsselbeine durch den Stoff des Kleides sieht, die den Knochenbau eines Distelfinks und die funkelnden Augen einer Mangaprinzessin haben.

Natürlich hatte sie daran gedacht zu hungern, aber die Arbeit in der Bar hatte gereicht, sie in eine schlanke und muskulöse junge Frau zu verwandeln – immer noch mit großen Brüsten und einer lächerlich abnormalen Figur. Und das Erste, was Samuel sah, als er in die Bar trat, war die junge Frau, so klein und beweglich, dass man Lust bekam, sie methodisch zu falten, um sie in der Hosentasche bis ans andere Ende der Welt mitzunehmen, sie immer bei sich zu behalten, wie ein Maskottchen, ein wunderbares Maskottchen mit schwarzen Haaren, glatt genug, um flüssig zu wirken. Und dann das kleine perfekte Maskottchen an dem Ort auseinanderzufalten, der *beiden* zusagte, denn es war mehr als offensichtlich, dass man sie nie dazu bringen würde, in die Hosentasche zu schlüpfen und sich an dem Ort zu entfalten, der dem anderen passend erschien, wenn sie keinen Vorteil für sich sah. Ihr Blick war durchdringend und finster, ihre Haut so weiß wie das Innere einer Zitronenschale, einfach umwerfend. Samuel dachte, Da haben wir eine, die ganz und gar unerreichbar für mich ist.

(Ich werde mein Leben lang darüber staunen, wie das ist, wenn wir den anderen *zum ersten Mal* sehen, denjenigen, den wir über alles lieben werden, mit unverhohlener, allumfassender, dramatischer Liebe, wie wir fürchten, dass er herausfinden könnte, wie winzig und verwundbar wir sind, auch wenn er uns nicht als Kind gesehen hat, weinend über einem aufgeschlagenen Knie, auch nicht leidend, weil wir als Letzte ins Volleyballteam gewählt wurden, er hat uns nicht gesehen, wie wir uns in der Schule prügelten, weil sich jemand über unseren Haarschnitt lustig gemacht hat. Es ist erschütternd, dass wir beim Anblick des anderen, den wir über alles lieben werden, erstarren und zu keinem Moment bemerken, dass er genauso erschrocken ist wie wir.)

3

»Wir kommen also nicht zurück?«
»Nicht sofort.«
»Und wir dürfen niemandem Bescheid sagen?«
»Im Moment nicht.«
»Nicht mal Sarah?«
Sie sitzen zu dritt im Auto, an einer Raststätte hat Gloria ein neues Plüschtier für die Kleine gekauft, die sich infolgedessen nun schon seit einer Stunde ununterbrochen mit einem orange-blauen Kätzchen unterhält.
Mit Stella ist es schwieriger. Gloria würde ihr am liebsten eine Betäubungsspritze verabreichen, damit sie endlich still wäre und die Seufzer verstummten, die sie ausstößt, seit sie begriffen hat, dass sie nicht einmal ihre beste Freundin würde anrufen können. Sie erinnert sich an die Autofahrten mit Stella, als diese noch ganz klein war und

Samuel noch da und sie zu dritt auf Spritztour gingen –
Loulou war noch nicht geboren. Sie bereiteten ihr auf der
Rückbank ein Bett aus Decken, flankierten sie mit Kissen,
damit sie nicht runterfiel, so ohne Sicherheitsgurt, denn
es schien ihnen am wichtigsten, dass es Stella so vorkam,
als würde sie immer noch in ihrem Bett liegen.

Sie fahren nach Norden. Die Natur wandelt sich. Sie wird
dichter und grüner, aber auch trister und eintöniger, sicher
wegen des Lichts, das sich verändert, wenn man sich vom
Meer und von Afrika entfernt, und Gloria fragt sich, ob
sie es in diesem verschatteten Landstrich aushalten werden, sie ruft sich das Haus in Kayserheim in Erinnerung,
zu dem sie sie bringen wird und in dem sie früher all ihre
Ferien verbracht hat, und das Haus scheint ihr tatsächlich
sehr dunkel gewesen zu sein, fast finster, doch sie schiebt
diesen Eindruck auf den Wald, der es umgibt. Finster vielleicht auch, weil sie ein empfindsames kleines Mädchen
war, das noch bei beiden Elternteilen lebte, die sich pau-
senlos anbrüllten. Und weil ihre grässliche Großmutter,
Antoinette Demongeot, dort lange Zeit gelebt hat. Was
alles andere als unbedeutend ist. Doch trotz ihrer Kind-
heitserinnerungen, trotz der aufdringlichen Präsenz der
Nadelbäume, erschien Gloria dieses Haus stets als mög-
licher Zufluchtsort. Wahrscheinlich, weil sie sich vor den
Krisen der Erwachsenen in Sicherheit bringen konnte, einfach, indem sie in den Garten ging und sich auf den Rand
des Steinbrunnens setzte, wo sich eine kreideweiße Johan-
nesfigur über sie beugte, und Minzbonbons lutschte und
den Vögeln lauschte, die im Ohr des heiligen Johannes
nisteten. Als die grässliche Antoinette Demongeot starb,

erbte Glorias Mutter das Haus. Aber mit ihrem Zahnarzt war sie nie dorthin zurückgekehrt. Vielleicht weil sie dort jahrelang nur hingefahren war, um ihrer Mutter eine Freude zu machen, die unglücklicherweise eine Frau war, der niemand eine Freude machen konnte.

Es ist schon eine Weile her, seit Gloria mit dem Auto verreist ist. Beim letzten Mal waren die Mädchen noch ganz klein, sicher hat sie Stella deshalb gebeten, sich nach hinten zu setzen, um das Gefühl von Urlaub und Vergnügungsreise zurückzuholen, die Verheißung eines Abenteuers, dieses »bis ans Ende der Welt und noch weiter«, das Stella als Kind zum Lachen brachte, doch nun hat Gloria Angst, in den Rückspiegel zu schauen und die Sitze hinten leer vorzufinden, es ist stärker als sie, sie, die Kräftige, die Pragmatische, die Kriegerin, sie fürchtet, im Rückspiegel nur die durch ihre Abwesenheit eingebeulte Leere vorzufinden, eine leicht unscharfe Leere, dort, wo die Mädchen hätten sein sollen. Also blickt Gloria, die Wächterin, alle fünfzehn Sekunden in den Rückspiegel. Die Mädchen würden sich in so kurzer Zeit nicht in Luft auflösen.

»Können wir anhalten? Ich muss mal pissen.«

»Sprich nicht so.«

Stella zuckt mit den Schultern und schaut aus dem Fenster, das Auto rast an einer riesigen Autobahnskulptur vorbei, die »Abwechslung fürs Auge« bieten soll, Gloria sieht, wie Stella sich zwei Finger in den Mund schiebt, um ihre Abscheu auszudrücken, und muss lächeln, es ist das erste Mal, dass sie lächelt, seit sie Vallenargues verlassen haben. Ihr ist mit einem Mal leichter ums Herz, sie hat Lust, der Bitte ihrer Tochter nachzukommen, auch wenn der letzte

Halt erst fünfzig Kilometer zurückliegt. Sie fährt beim nächsten Rastplatz ab und parkt vor der Tankstelle, Loulou will im Auto bleiben, um weiter mit ihrer zweifarbigen Katze zu sprechen, aber Gloria nutzt den Moment, um an die Wagentür gelehnt die Beine auszustrecken, so nah an den Zapfsäulen darf sie nicht rauchen, dann fällt ihr auf einmal ein, dass sie seit Jahren nicht mehr raucht, sie ist überrascht, denn sie hat schon so lange nicht mehr an Zigaretten gedacht, es muss die Reise sein, die sie benebelt und durcheinanderbringt.

Sie atmet tief ein, Carbondioxyd und feuchte Erde, Chips und Asphalt, sie mag es, den aufgedunsenen Autobahnhimmel zu betrachten, könnte lange so dastehen, regungslos, eine Autobahnstatue, und die vorbeikommenden Leute beobachten, die in den Shop gehen und mit vollbepackten Armen wieder herauskommen, den Blick auf ihr Handy gerichtet, die Jüngeren verschicken SMS mit ihren Daumen, die Älteren mit dem Zeigefinger; sie bemerkt die summenden Stromleitungen, wendet sich instinktiv dem Shop zu und sieht durch die Scheibe Stella, die in den hinteren Teil des mit Süßigkeiten und diversem Schweinkram vollgestopften Raums geht und vor einer Telefonkabine stehenbleibt.

Es gibt an Autobahnraststätten noch Telefonkabinen?, wundert sich Gloria. Und gerade als Stella abhebt, springt Gloria auf, hastet durch die Tür, die sich ächzend öffnet, zu ihrer Tochter, während ihr vom Sandwichregal aus gleichgültige Blicke folgen, drauf und dran, einen Hauch inquisitorisch zu werden, denn an diesem der Entspannung gewidmeten Ort, wo jeder sich Softgetränke und

Nüsschen holt, hat man keine Lust, auf eine Verrückte zu treffen, die gedämpft nach ihrer Tochter brüllt (es heißt dennoch brüllen), sie nach draußen zieht (erneut diskretes Geflüster), gegen das Auto drückt und zusammenstaucht: »Ich muss dir vertrauen können.«

»Ich muss dir auch vertrauen können«, entgegnet die Jugendliche in der gleichen Lautstärke.

Im Inneren des Shops ist danach nichts mehr zu hören, alles wird wieder gemäßigt und unbedenklich – abgesehen vom Industriezucker, den Farb- und Konservierungsstoffen.

»Also gut, ich werde es dir erklären.«

»Erklär es mir.«

Stella kneift argwöhnisch die Augen zusammen, als sei sie voller unterdrückter Wut, aber es wirkt ein bisschen künstlich, wie Wut in einer amerikanischen Fernsehserie. So lernen sie Gefühle, denkt Gloria unpassenderweise.

»Mit Pietro geht es bergab ...«

»Und?«

»Und er ist gefährlich geworden.«

Die Jugendliche bricht in Lachen aus.

»Ohne Witz. Das ist mal 'ne Neuigkeit.«

4

Samuel kam an zwei aufeinanderfolgenden Tagen wieder, aber Onkel Gio war nie anzutreffen. Er hatte um ein Gespräch gebeten, aber Gio war am Meeresufer und überwachte mit seinem Fernglas die See oder er war auf seinem Boot oder in einer Besprechung mit seinem Buchhalter oder sonst wo, wer weiß das schon. Samuel hievte sich auf einen der Barhocker, wartete eine Stunde, wirkte so entspannt wie eine dieser Personen, die wir bezahlen, damit sie uns beibringen, langsam über das Zwerchfell zu atmen, um unsere innere Ruhe zu finden, trank zwei Kaffee, dann zwei Biere, bekam schließlich einen runden Rücken, es ist fast unvermeidbar, wie ein Geier auszusehen, wenn man auf einem Barhocker sitzt, aber nein, nicht er, er wirkte ruhig, ein bisschen müde, er zeichnete kleine Skizzen in die winzigen Kondensationsflächen auf dem Tresen, schaute sich mit einem Ausdruck altersloser Weisheit um und ging wieder.

Am dritten Tag blieb Onkel Gio, dem jemand einen Wink gegeben hatte, dass jeden Morgen dieser Typ auftauchte, um ihm einen Besuch abzustatten, aber keine Nachricht hinterließ, und kam aus seinem Büro, sobald ihm mitgeteilt wurde, dass Samuel wieder da sei. Dieser sprang von seinem Barhocker, und sie setzten sich für ihr Gespräch an den kleinen Tisch ganz hinten. Von dem man den ganzen Raum überblicken konnte. Onkel Gios Lieblingstisch.

Gloria brachte ihnen Kaffee (es gab keinen überflüssigen Firlefanz in *La Traînée*, wie etwa Nougat oder Spekulatius, sondern nur schwarzen, starken, männlichen Espresso). Samuel schaute auf und lächelte dankend. Onkel Gio sprach weiter, als ob der Kaffee von ganz allein auf seinen kleinen Espressotassenpfötchen dahergekommen wäre. Gloria hätte ihnen am liebsten Dutzende davon gebracht, und außerdem hartgekochte Eier, Brioche, Milch und alles andere, was ihr erlaubt hätte, zu ihnen zu gehen. Am liebsten hätte sie sich einfach auf die Bank neben Onkel Gio gesetzt, ihn mit einem gezielten Schubser ihrer Hüfte beiseitegeschoben und wäre gegenüber von Samuel sitzen geblieben – sie weiß noch nicht, dass er Samuel heißt, sie weiß noch nichts über ihn, außer, dass er mit Onkel Gio spricht, als ob sie Vertraute wären, und dass er ein wundervolles Lächeln hat, etwas Kindliches in den Augen und eine Haut, die essbar zu sein scheint, ja, es ist seltsam, aber dieser Mann sieht essbar aus, seine Haare sind so schwarz und glänzend wie Lakritze und seine Augen hellbraun wie Karamell, das über Vanillesofteis fließt, sie überlegt, unter welchem Vorwand sie sich zu ihnen setzen könnte, sie will verstehen, was er hier macht, sie wird Onkel Gio fragen und er wird nicht antworten. Sie hofft, dass er am nächsten Tag wiederkommt, dann wird sie ihr kurzes Kleid mit dem rot-weißen Karomuster tragen – ein Kleid aus Vichy-Stoff, aber »Vichy« darf sie nicht denken, weil Onkel Gio dieses Wort für einen Stoff nicht erträgt, und Onkel Gio ist schon so lange in ihrem Leben, dass sie in ihrem Wortschatz Vichy durch Karos ersetzt hat (er erträgt auch die Farbbezeichnung »Lachs« nicht, wenn jemand »Lachs« sagt, schaut er angewidert, als ob man ihn zwänge, importierten Zuchtfisch zu essen). Also geht Gloria immer wieder am Tisch vorbei und versucht, Fetzen ihres Gesprächs aufzuschnappen. Sie hört mehrmals das Wort »Schweiz«. Wegen des Zischlauts erkennt sie es wieder, doch alles andere bleibt vertraulich.

Als sie zum vierten Mal den Nachbartisch abwischt, runzelt Onkel Gio die Stirn. »Wage es ja nicht, einen Kommentar abzugeben«, sagen Glorias Augen. Onkel Gio schüttelt den Kopf und führt das Gespräch mit Samuel fort.

Am nächsten Tag trägt Gloria ihr kurzes Karokleid, aber Samuel taucht nicht auf. Sie öffnet die Tür zu Onkel Gios Büro, wo er gerade dabei ist, eine seiner Spieluhren zu inspizieren.

»Kommt dein Freund heute nicht?«, fragt sie.

»Welcher Freund?«, fragt er, ohne den Blick von seiner Spieluhr abzuwenden (ein Singvogel mit beweglichen Flügeln, den er mit seiner Juwelierslupe betrachtet, wie auf der Suche nach einem geheimen Räderwerk).

Gloria geht zurück in die Bar. Sie ist niedergeschlagen, denkt, dass sie ihn nicht wiedersehen wird, außerdem genug davon hat, im vergammelten Schuppen von Onkel Gio zu arbeiten, der sie schlechter behandelt als die anderen, um Ärger zu vermeiden, sie möchte sich am liebsten aus dem Staub machen oder jemanden ohrfeigen, sie denkt, dass sie keine Freunde hat, dass Vallenargues eine Stadt ist, in der nie etwas geschieht, eine Stadt in der Peripherie, eine Stadt am Rande einer größeren, einer Stadt am Meer mit einer Sommerkirmes, Palmen (die vom roten Rüsselkäfer befallen sind), einer Kanone, die täglich zur Mittagszeit abgefeuert wird, und einer zur Ruine verkommenen Zitadelle, Vallenargues ist eine Stadt am Rand, und mit sechzehn will man im pulsierenden Zentrum der Welt sein, oder mit siebzehn, oder achtzehn, ich weiß nicht mal mehr, wie alt sie zu diesem Zeitpunkt der Geschichte ist, sie übrigens auch nicht, denn sie fühlt sich alt und aufgetakelt und will nur, dass sie jemand in den Arm nimmt, ist das zu viel verlangt?

Doch es ist offensichtlich, dass sie noch keine achtzehn ist, nicht volljährig, sie wurde noch nicht vom Anwalt ihres Vaters kontaktiert, dazu ist es noch zu früh.

Jessica, die seit achthundert Jahren in der Bar kellnert, kommt zu ihr:

»Stimmt etwas nicht, Prinzessin?«

Jessica hat eine Tochter, die fast in Glorias Alter ist, und sie hofft natürlich, dass diese weiter zur Schule geht, also behandelt sie Gloria mit der Herablassung einer wohlwollenden Nachbarin, Meine Tochter ist besser dran als die Kleine da, denkt Jessica, also heuchelt sie Fürsorge, sie, die doch zu der großen Gruppe von Frauen gehört, die so einiges erlebt haben.

»Hast du dein Vichy-Kleid für den hübschen jungen Mann angezogen, der deinen Onkel besucht?«

Gloria dreht sich zu Jessica. Und antwortet mit Revolverblick:

»Ich weiß nicht, von wem du sprichst.«

Samuel kam am folgenden Montag wieder. Er bat darum, Onkel Gio zu sehen, und nachdem die Nachricht überbracht war, wies dieser Jessica an, Samuel in sein Büro zu führen. Ein ganz und gar außergewöhnlicher Vorgang. Jessica, Raj der Koch und Gloria schauten sich an. Als er durch die Tür der Bar kam, hatte Gloria sich überwältigt und erleichtert gefühlt, sie glühte und war über dieses Glühen verzweifelt. Er trug denselben Rucksack wie bei seinem ersten Besuch und wirkte ebenso freundlich – das heißt, mehr noch, als etwas von der Wärme, die er ausstrahlte, abzubekommen, hätte man gern gewusst, wie es

ist, dieser junge Mann zu sein, in einem so beweglichen und elastischen und ungezwungenen Körper zu stecken, die Welt durch seine Augen zu betrachten, ein so gelassenes Lächeln zur Schau zu tragen, als könnte man mit den anderen und mit sich selbst vollständig im Reinen sein, als wäre das eine Möglichkeit auf diesem Planeten, als hätte dieser junge Mann das Geheimnis entdeckt, das einem ermöglicht, mit dem, was einem gegeben ist, einigermaßen zufrieden zu sein, während Gloria sich an keinen einzigen Tag erinnern konnte, an dem sie nicht mindestens einmal, wach oder im Schlaf, Selbsthass empfunden hätte – sie träumte tatsächlich manchmal, dass sie sich hasste. Sie war oft streitlustig, aber diese Neigung hatte ihr auch geholfen, ihre Strategien gegen trübe Gedanken umzusetzen. Und als sie Samuel erneut aufkreuzen sah, richtete sich ihr Hass gegen ihn: Sie hatte einen schlechten Tag, sie würde bald ihre Periode bekommen und fühlte sich eingeschnürt, als ob ihr Körper drauf und dran wäre, alle Knöpfe ihrer Bluse einzeln abzusprengen, woraufhin die Knöpfe durch die Bar schießen und gegen die alten Plakate an den Wänden prasseln würden, gegen die Fotos vom Großfischfang aus der Hemingway-Ära und die kleinen, zum Schreien komischen Schilder: *Alkohol tötet langsam. Ist uns egal. Wir haben es nicht eilig.*
Also sagte Gloria zu Jessica:
»Ich mach Pause.«
Jessica blickte auf und nickte.
Gloria ging nach draußen, überquerte die Straße und setzte sich auf die Mauer am Meer.
(Verbleiben wir einen Moment dabei, wie sie sich auf die

Mauer am Meer setzt, direkt gegenüber der Bar. Ist das nicht ein wenig demonstrativ? Gloria würde versichern, dass es nicht so ist, sie wäre sogar imstande, falls Sie nicht lockerlassen, sich aufzuregen und Sie zu beleidigen, betreiben wir also bloß keine psychologischen Spielchen, sie setzt sich eben dahin, weil es der beste Ort ist, um mit baumelnden Beinen eine Zigarette zu rauchen und dem leisen, stetigen Klappern der Masten zu lauschen, das hat nichts mit dem jungen Mann zu tun, der in Onkel Gios Büro eingesperrt ist und sie beim Herauskommen unweigerlich durch die Glasfront der Bar erblicken würde, sofern er nicht länger als zwanzig Minuten bei Onkel Gio bliebe, denn dann müsste Gloria natürlich wieder an die Arbeit gehen. All das ist zu hypothetisch, das müssen Sie zugeben, als dass Gloria sich nur zu dem Zweck dahin gesetzt haben könnte, die Aufmerksamkeit des besagten jungen Mannes auf sich zu ziehen. Denn ohnehin hat sie heute keinen guten Tag, sie fühlt sich aufgedunsen, hat ihre Haare nicht gewaschen und riecht nach Frittierfett und Holzkohle, was schwer zu vermeiden ist, wenn man in der *Traînée* arbeitet.)

Zehn Minuten später kam der junge Mann aus Onkel Gios Büro, doch er setzte sich geradewegs auf einen der Barhocker. Weil er die hübsche Schwarzhaarige nirgends sah, die beim letzten Mal ständig um ihn herumgeschwirrt war, und er sich nicht zum Aufbruch entschließen konnte, ohne ihr begegnet zu sein (Himmel, wie sehr sie ihm gefiel), auch wenn das Geschäft unter Dach und Fach war und er geliefert hatte, was er in der Schweiz geholt hatte. Ein merkwürdiger Einfall, in der *Traînée* zu bleiben, obwohl er still und leise hätte gehen und draußen sein Tagelöhnerdasein weiterführen sollen. Denn Samuel war so ein Tagelöhner. Einen Monat hier, eine Woche dort. Die Art von beruflicher Aktivität, die mit Sesshaftigkeit unvereinbar war. Aber er wollte die schwarzäugige junge Frau mit der leuchtenden weißen Haut sehen.

Sie war wohl kaum größer als ein Meter fünfzig, doch es gefiel ihm, dass sie so winzig war, was ungewöhnlich war, denn normalerweise traf er sich mit großen Blondinen mit Tätowierungen, die man erst beim Ausziehen entdeckt, doch der ganze Körper dieses Mädchens schien wie elektrisch aufgeladen, und das war, wie soll man es ausdrücken, stimulierend. Wenn sie sich bewegte, gruppierten sich die elektronischen Teilchen um sie herum und knisterten. Der Luftdruck sank, wenn sie sich näherte, wie wenn ein Gewitter über das Meer kommt, und diese Veränderung, die Kinder, Migränepatienten und Stelzvögel spüren, spüren auch Leute wie Samuel; es ist der Moment, wenn die fliegenden Ameisen auftauchen, der Wind anhebt, die Bäume schwanken, die Elemente leicht in Panik geraten und Samuel sich verliebt.

Er wusste wohl, dass sein Hang zu kampflustig wirkenden Mädchen als schiefe Bahn gelten konnte. Sein Vater hatte es ihm viele Male gesagt.

Schäumend vor Wut kam Gloria aus ihrer Pause zurück. Sie riss schwungvoll die Tür auf, alles war feucht geworden, draußen und dann drinnen, ihre Haare krausten sich um ihren bombensicheren Knoten, hatten etwas Lebendiges und Raubtierartiges, diese Haare konnten zweifellos zubeißen. Sie schaffte es nicht, ihr Temperament zu zügeln, obwohl sie, wie wir wissen, immer ein harmloses (aber anziehendes) Wesen hatte sein wollen, bei dem alles rief: »Rette mich, hol mich aus diesem brennenden Haus.«

Sie sah den jungen Mann am Tresen sitzen, sah seinen Rücken, die Krümmung seines Rückens, seine leichte Skoliose, die Wirbel unter seinem Hemd, eins zwei drei, ich kann deine Knochen zählen, und sie fragte sich, Warum nur bringt mich der Anblick dieses Hemds über diesem Rücken so aus der Fassung?

Und sie begriff mit einem Mal, was Verlangen und Anziehung bedeuteten, und wozu sie führen konnten.

Ganz durcheinandergebracht dachte sie, Ich werde ja wohl nicht kapitulieren.

Da drehte er sich um. Er folgte Jessicas Blick, die hinter der Theke ein Glas abtrocknete, Gloria auftauchen sah und verblüfft die wütende, winzige junge Frau anstarrte, Mein Gott, wozu ist dieses Mädchen fähig. Und als Gloria begriff, dass er darauf gewartet hatte, dass sie in Onkel Gios Bar auftauchte, salzverklebt, übelriechend, fühlte sie sich unendlich erleichtert und geschmeichelt und strahlend, und dachte, Komme, was da wolle.

Liebe auf den ersten Blick ist ein erstaunlicher Vorgang, es ist, als würde man an einem Samstag während eines Attentats in einem Metrotunnel von einer panischen Menschenmenge mitgerissen. Man wird einfach fortgetragen und gibt jeden Widerstand auf, betrachtet untätig das Geschehen, wartet darauf, dass es vorbeigeht und denkt, Ach, das ist es also, wovon alle reden.

# 5

Endlich erreichten sie das Kayserheimer Haus. Gloria parkte den Wagen unter den Tannen. Es war bereits dunkel, obwohl es Juni war. Loulou schlief und schwitzte auf ihrer zweifarbigen Katze, die ihr als Kopfkissen diente. Beim Anblick des Plüschtiers an der Wange ihrer Tochter verzog Gloria das Gesicht. Spielsachen, Laken und Kleidung wusch sie normalerweise immer, bevor sie benutzt wurden. Sie fürchtete die Flammschutzmittel, Phthalate, Formaldehyde und synthetischen Farbstoffe. Man konnte nicht einen Großteil seines Lebens in Onkel Gios Nähe verbringen, ohne ein berechtigtes Misstrauen gegenüber diesem Mist zu entwickeln. Es gibt nichts Ansteckenderes als Misstrauen. Das ist ein hochgefährliches Gift. Deshalb hatte sie das Trinken und Rauchen aufgegeben. Sie lebte in ständiger Angst, ihre Töchter zu verlieren oder sie für immer allein zurückzulassen. Trotzdem versuchte sie, ihnen ihre Unbeschwertheit zu lassen, auch wenn ihr ein Schauer über den Rücken lief, wenn sie mitgebrachten Zuckerkram von mehr als zweifelhafter Herkunft aßen, auch wenn sie zitterte bei dem Gedanken, ein Verkehrsrowdy oder ein alter halbblinder Mann könnte sie mit dem Auto ummähen.

Stella hatte fast die ganze Fahrt über geschmollt.

»Bist du sauer?«

»Nein, ich bin müde.«

Es musste gestimmt haben, denn inzwischen schlief sie völlig regungslos auf der Rückbank, in einer so unbequemen Position, dass man sie für tot halten könnte (abgesehen von einem leisen Schnarchen). Ihr Gesicht war gelöst und ernst, ihr altes Kindergesicht, das bald auch im Schlaf verschwunden sein würde. Von Zeit zu Zeit bewegten sich ihre Augäpfel unter den Lidern. Gloria wäre gern sitzen geblieben, um ihren Töchtern beim Schlafen zuzuschauen, alle drei in ihrer schützenden Höhle aus Blech, Kunststoff und Teppich, vielleicht fürchtete sie sich auch ein bisschen vor dem, was sie im Haus vorfinden würde, und zögerte den Moment hinaus. Sie hatte die Deckenleuchte eingeschaltet und betrachtete Stella in ihrem Zwischenstadium, kein Kind mehr und noch keine Frau, oder beides zugleich, die Möglichkeit von beidem.

Gloria saß im Wagen unter den Tannen und hörte die Dunkelheit draußen. Sie hörte den Juniwind. Der Juniwind erzeugt einen ganz besonderen Ton, wenn er sich durch die Nadelzweige seinen Weg bahnt, wie stockender Atem, ein ängstliches Zusammenzucken. Der Mond erleuchtete jede einzelne Tannennadel, Tausende Brillanten glitzerten in der Nacht – welche Substanz ließ die Nadeln so glitzern, Saft, Harz, Speichel? Gloria stellte fest, dass es keine gute Idee gewesen war, so spät anzukommen, Unbekanntes ist in der Nacht feindseliger, vor allem auf dem Land, es gab zu viele unbekannte Geräusche und Gerüche für die Mädchen.

Sie holte die Taschenlampe aus dem Handschuhfach und öffnete so leise wie möglich die Wagentür. Sie stieg aus und ging die Stufen zur Haustür hinauf. Es roch nach altem Gemäuer, nach feuchtem, verschimmeltem Kalkstein, es roch nach Erde und wilden Gräsern, die seit langem niemand mehr gemäht hatte, es roch auch nach Lindenblüte, ein süßer, beruhigender Duft, wie ein Orientierungspunkt für ihr Gehirn, es roch nach Regenwürmern, die unter der Erde ihre Gänge gruben, emsig den Boden durchlöcherten; sie erinnerte sich an ihren Vater, wie er am Fluss hinter dem Haus angelte, sie suchte mit ihm Regenwürmer, er klopfte auf die Erde und sofort streckten sie ihre Köpfe heraus, auf der Flucht vor einem unsichtbaren Maulwurf, der den Untergrund erschütterte, und reihten sich fast unmittelbar danach schon auf dem Haken auf; sie hörte das Geräusch des Flusses, auf das sie vorher nicht geachtet hatte, ein kaltes, verlockendes Geräusch, die kleine Stimme in ihrem Kopf, die immer wachsam blieb, sagte zu ihr: Auf Loulou muss man aufpassen und sie vor dem ruhigen, dunklen Wasser warnen und vor den so glatten und einladenden Blättern der Seerosen.

Rechts von ihr befand sich der Teil des Hauses, den ihr Vater die Sommerküche genannt hatte. Die Fenster waren durch all die Spinnweben blind geworden. Sie holte den Schlüssel aus ihrer Handtasche – mit einem grau gewordenen Michelin-Männchen von 1967 als Anhänger, Antoinette Demongeot ist unter uns –, öffnete die Haustür, trat über die Schwelle und ging zum Schaltkasten, um den Strom anzustellen.

Nichts hatte sich verändert. Außer, dass alles kleiner wirkte. Und alle Möbel mit staubigen Laken abgedeckt waren. Laken mit Blumenmuster, bunt, gestreift. Das würde Loulou weniger Angst einjagen. Weiß hätten sie auf sie wie Gespenster gewirkt. Wie in den gruseligen Burgen, von denen es bei Scooby-Doo nur so wimmelte.

Der Einzige, der noch hierherkam, war Onkel Gio – und

der hatte, wenn man von der Spinneninvasion ausging, bei seinen letzten Besuchen bestimmt nicht viel Zeit in der Sommerküche verbracht. Aber dank ihm gab es Strom und fließend Wasser, und alles war aufgeräumt. Gloria hatte ihm vor ein paar Jahren einen Zweitschlüssel anvertraut. Im Alter hatte er begonnen, die dunklen Wälder der sonnigen Côte d'Azur vorzuziehen. Das Mittelmeer hatte es am Ende geschafft, ihn zu enttäuschen. Für ihn stand es nur noch für Pilzinfektionen, Kabeljau und Quallen. Er behauptete, die Sommer an der Küste würden nach Öl stinken, wie die Klamotten aus China, die aus den Containern kommen. Also hatte er sich nach dem Verkauf der Bar nach Fontvielle zurückgezogen. Doch wenn die provenzalische Sommerhitze ihm zu sehr zusetzte, fuhr er nach Kayserheim. Er stieg in seinen alten Citroën DS (er vertraute nur Citroën) und fuhr nach Nordosten, den schattigen Wäldern entgegen, um zwei Monate im Kühlen zu verbringen, in denen er seinen Klappstuhl ans Ufer des Sees stellte und Schleien mit Schlammgeschmack angelte oder sein Boot in die Mitte der leicht zitternden Wasserfläche steuerte und von riesigen Hechten träumte. Es hieß, der Kayserheimer See sei der tiefste der Region, es hieß, er sei ein prähistorisches Becken, das 66 Millionen Jahre zuvor ein Meteorit gegraben habe, dessen Wucht Schlamm und diverse Trümmer, Asche und Quarzkristalle herausgeschlagen habe, man erzählte sich auch, dass im Jahr 1983 drei betrunkene Jugendliche darin ertrunken seien, nachdem sie versucht hätten, mit dem Ford Fuego, der dem Bruder von einem von ihnen gehörte, von dem Felsvorsprung am Südufer aus über den See zu fliegen, hopp, mit genug Anlauf sollte es klappen, sie wurden nie gefunden, doch der gähnend leere Fuego (sie hatten sich bei dem Versuch zu überleben aus dem Wrack befreit) wurde vor den Augen der untröstlichen, am nördlichen Sandstrand vollständig versammelten Bewohner von Kayserheim herausgefischt.

Onkel Gio hatte Gloria erklärt, dass der See auf einer deltaförmigen Ablagerung der Gletscherzunge ruhte. Was er meinte, war, dass er alles in allem den Gleichmut des jahrtausendealten Sees (tödlich für die Dummköpfe im Fuego) der Ruhelosigkeit des Flusses tausendmal vorzog. Mit dem Trubel war es vorbei.

Aber in diesem Sommer würde er nicht kommen.

Im Februar hatte er einen Schlaganfall erlitten und dämmerte seitdem in seinem Schaukelstuhl vor sich hin, mitten in seinem gekachelten Wohnzimmer, und schaute durch das offene Fenster auf die Zikaden und die verhassten Touristen, die es für angebracht hielten, den freundlichen alten Herrn zu grüßen, wenn sie an seinem Haus in Fontvieille vorbeigingen. Meistens waren sie auf dem Weg zum Schwimmbad im Park des Château Daudet, frei von Verpflichtungen und begierig darauf, inmitten des Kiefernwalds zu baden, zwar ebenso wenig an Daudet interessiert wie die Businesswelt an der Erderwärmung, aber voller Vorfreude auf ihr spritzendes Chlorgeplansche. Onkel Gio dagegen schaukelte wütend am Rande des Gleichgewichts, im linken Mundwinkel ein wenig Schaum; der Schlaganfall hatte das Großhirn beschädigt, wo die Sprachfähigkeit saß, doch wenn er sprechen könnte, hätte er die Wiedereinführung der Guillotine gefordert, und er schaffte es nur, sich zu beruhigen, indem er sein wunderschönes Wohnzimmer betrachtete, angefüllt mit seinen mechanischen, musikalischen Schätzen, die er in so vielen Jahren und unter so großen Risiken gesammelt hatte. Er ließ seine Singvögel, Automaten, Blasebalge, seine Membranen, Glutdämpfer, Aufziehfedern, seine Klingen und Spitzen nicht aus den Augen, wie eine Mutter ihre in einer Grünanlage herumtollenden Kinder. Er griff nach *Das Leben Gebrauchsanweisung*, das rechts von ihm auf einem billigen, bereits in sich zusammenfallenden Hocker lag, legte sich das Buch auf den Schoß, öffnete es an einer zufälligen Stelle und las kichernd einen der Texte. Dank Georges Perec und der Systemboxen vergaß er für einen Moment das metallische Zirpen der Zikaden und die Hässlichkeit der Welt. Sein Herz schlug wieder im Kreuzfahrtrhythmus.

Aus diesem Grund würde Gloria mit ihren Töchtern den Sommer über allein im Kayserheimer Haus bleiben – und so lange sie wollte.

Das Haus hatte vier Schlafzimmer, drei oben, eines unten. Über die Veranda gelangte man in die Küche, die mit Sicherheit der angenehmste Raum im Haus war, sowohl aufgrund seiner Größe als auch seiner Einrichtung. Das angrenzende Wohnzimmer mit dem riesigen grauen Röhrenfernseher hingegen war nicht der vergnüglichste Ort auf Erden. Man bekam den Eindruck, wider Willen zurück in die siebziger Jahre katapultiert worden zu sein, mit allem, was daran schlecht gefärbt und überholt war. Befreit mich von all dieser Abscheulichkeit, von all dem Plastik und dem Samt an den Wänden. Gloria wurde kurz schwindelig, als sie die Deckenverkleidung mit der orangefarbenen Kugelleuchte wiedersah, den Couchtisch aus getöntem Plexiglas, die leeren Kleenex-Spender (in ihren Futteralen aus Spitze und Rüschen), die strategisch im Raum verteilt waren und wohltuend für Augen und Nase sein sollten, und die Glasvitrine voller Porzellaneulen neben ein paar Fotos in Flohmarktrahmen. Sie nahm die Fotos aus der Vitrine, auf einem hielt ihre Mutter sie, noch ganz klein, auf dem Arm. Vier weitere zeigten ihre Großmutter: die vierzigjährige Antoinette Demongeot in Schwarz-Weiß auf dem Fahrrad, mit tief ausgeschnittenem Blüschen und einem vom Wind hochgewehten Rock, die Schenkel noch nicht abgemagert, mit toupiertem Haarknoten und einem breiten schwarzen Band über den blonden Strähnen, die Initialen AD; Antoinette Demongeot in Farbe nach dem Tag, als sie entschieden hatte, dass Magerkeit ihr stehe, tief gebräunt auf ihrem Liegestuhl mitten im Garten eine TV-Zeitschrift lesend; und schließlich Antoinette Demongeot auf einer Restaurantterrasse in Spanien mit einer ihrer Freundinnen (hatte sie wirklich Freundinnen?), beide lächelnd, Zigaretten rauchend, Martini und gebleichtes Haar, das Gesicht braun und so runzlig, dass es gefaltet wirkte wie ein japanischer Stoff. Sie stellte die Fotos an ihren Platz zurück. Zumindest würden die Mädchen erfahren, wie ihre Großmutter ausgesehen hatte. Sie ging nach oben, wenn sie bleiben wollte, müsste alles umgestaltet werden, das könnte ein belebendes Projekt für den Sommer werden, sie und die beiden Kleinen (nein, Stella ist keine Kleine mehr), sie und die beiden Mädchen würden das Haus ausräumen, es streichen und ihm neue Frische verleihen; sie sah sich bereits wie in einem Film, mit Gips in den Haaren, den Farbroller in der Hand, sie alle drei auf Leitern und stumm lachend, im Blaumann und fleckigem T-Shirt auf den Stufen der Veranda sitzend, wie sie ihr wohlverdientes Pausenbrot aßen. Gloria schüttelte den Kopf. Gut gut gut. Sie ging durch alle Zimmer. In einem von ihnen (dem ehemaligen Zimmer von Antoinette) stand ein Doppelbett. In den anderen gab es nur Einzelbetten. Die Räume waren hässlich, boten aber einen schönen Blick auf den Wald oder auf den See, der (wie sie sich erinnerte) tagsüber durch die Tannen schimmerte. Dahinter, vom Fenster aus nicht zu sehen, lag das Sägewerk von Vater Buch, einem alten Bär, der niemanden mochte und dies durch Warnschilder kundtat, die er an sein Haus genagelt hatte. Sie hatten jedoch nicht die erhoffte Wirkung, im Gegenteil: Die Kinder der Gegend fuhren mit dem Fahrrad hin, jagten sich gegenseitig Angst ein und warfen Steine in den Hof, damit die Hunde bellten. Gloria hatte vor, ihn bald zu besuchen, sie hatte keine Angst vor ihm, kannte ihn schon ewig. Er war harmlos.

Sie fühlte sich wie in einer Zeitkapsel. In dieser Abgeschiedenheit verändert sich nichts und wird sich nichts verändern, da kannst du machen, was du willst, das Haus neu herrichten oder sogar zerstören, morgen früh wäre es genau wie vorher, unversehrt und vollständig. Gloria wusste, dass die Nacht solche Gedanken förderte. Gut gut gut, dachte sie wieder und überzog die Betten mit den Laken, die sie in den Schränken gefunden hatte. Dann ging sie die Mädchen holen, zuerst Loulou, die nicht mal mit den Lidern zuckte, während sie im Schlaf ihr schreckliches orange-blaues Kätzchen an sich drückte, als ob es ihm an den Kragen ginge, dann schüttelte sie sanft Stella, Wir sind da, meine Hübsche, du schläfst besser in deinem Bett, Erwachen und geweitete Pupillen, Stirnrunzeln, Wo sind wir? Im Haus meiner Kindheit, improvisierte Gloria (das entsprach nur zu einem ganz ganz ganz kleinen Teil der Wahrheit, aber es war zwei Uhr morgens, die Zeit für Improvisationen), Stella ließ sich ohne größere Schwierigkeiten ins obere Stockwerk führen und aufs Bett fallen, Gloria wollte ihr die Turnschuhe ausziehen, aber Stella grummelte, Lass. Also verließ sie das Zimmer. Ging runter ins Wohnzimmer. Unter dem Fernseher stand der kleine Schrank, der den Drehständer mit den Spirituosen beherbergte, ihr Vater sagte »The Bar« dazu, sie nahm alle Flaschen, die dort vor sich hin sedimentierten, heraus, goss deren Inhalt in der Küche in den Abfluss, denn so sehr vertraute sie sich nicht, und ging dann hoch ins Bett.

6

Als Onkel Gio mitbekam, dass Gloria mit Samuel zusammen war, zitierte er sie in sein Büro.
»Dein Vater hat dich meiner Verantwortung übergeben.«
»Wovon sprichst du?«
»Bevor er starb, hat dein Vater zu mir gesagt, dass er sich darauf verlässt, dass ich über deine Sicherheit wache. Bis zu deiner Volljährigkeit und auch später.«

»Ich bin ein großes Mädchen.«

»Du bist ein ganz kleines Mädchen.«

»Und bin ich etwa in Gefahr?«

»Noch nicht. Aber du wirst dich in Gefahr bringen, wenn du mit diesem jungen Mann ausgehst.«

»Welcher junge Mann?«

»Ich bitte dich, halt mich nicht für einen Amerikaner.«

»Aber er ist dein Freund.«

»Von wegen. Er arbeitet ab und zu für mich, aber er ist nicht mein Freund. Und auch nicht mein Partner. Er ist bei dem, was er tut, nicht einmal besonders gut.«

»Und was tut er für dich?«

»Er hat es dir nicht gesagt?«

»Wir reden nicht über die Arbeit, nein.«

»Dann ist das nicht der richtige Zeitpunkt, um darüber zu sprechen. Aber du musst wissen, dass der Junge weder vertrauenswürdig noch besonders clever ist, dass er trotz seines jungen Alters schon alkoholabhängig ist, und ich dich als Repräsentant der väterlichen Autorität auffordere, ihn nicht mehr zu sehen.«

»Du bist der Repräsentant der väterlichen Autorität?«

»Ja.«

»Ich könnte doch stattdessen mit meiner Mutter darüber reden, oder?«

Onkel Gio verzog beleidigt das Gesicht. Er füllte seine Lunge mit Luft, als ob er vorhätte, durch ein Ästuar zu tauchen.

»Natürlich, mein Schätzchen. Wenn du sie findest. Deine Mutter war nicht so eine, die den Fahrradhelm unter dem Kinn ihres Sprösslings schließt, sie hat keine Kekse für dich gebacken und auch nicht Schwarzer Peter mit dir gespielt. Sie hat sich nie wie eine Mutter verhalten. In dem unwahrscheinlichen Fall, dass du sie wiederfindest, bin ich also alles andere als sicher, ob es so eine glorreiche Idee ist, auf sie zu setzen, wenn es darum geht, zwischen einer guten und einer schlechten Entscheidung zu trennen …«

»Okay. Erklär mir also, warum ich Sami nicht mehr sehen soll.«

Als er hörte, wie sie ihn Sami nannte, verzog er das Gesicht, weil er wusste, dass es zu spät war. Er hatte die Anziehungskraft des Jungen ebenso unterschätzt wie das Bedürfnis der Tochter seines Freundes, nicht mehr allein zu sein, er hatte den ungezügelten Appetit, das junge Alter und die Lust der beiden unterschätzt, aber das lag für ihn so weit zurück, wie hätte er sich da erinnern, die Person, die er vor zwanzig Jahren war, wiederbeleben sollen; wo war sie hin, diese Person, sie war zweifellos da, hatte sich in einem Winkel seines Körpers verkrochen, jedes Alter war wie eine Schicht mehr um seinen Kern, sein Senklot, seine Kompassnadel, sein reines, unbeschwertes Ich, seine winzige, kindliche Essenz; alles war noch da, alle Lebensalter waren noch da, aber unauffindbar, denn die Schichten um den Kern waren zu Schalen geworden, so dünn und trocken wie die zerknitterten Blätter einer Bougainvillea. Onkel Gio fühlte etwas Süßes und Scharfes zwischen seinen Augen, wie ein Stoß Minzbonbonatem, eine vage Erinnerung.

Er antwortete schlicht: »Ich bin mir sicher, dass er alles, was er mir verkauft, gestohlen hat.«

»Was verkauft er dir?«

»Rate mal.«

»Spieluhren?«

Onkel Gio sah sie schweigend über seine getönten Brillengläser an.

»Warum kaufst du sie ihm ab, wenn du dir sicher bist, dass er sie klaut?«

»Weil er sie sonst jemand anderem verkauft.«

Er merkte, dass der Spieluhrenhandel Gloria kaum beeindruckte, also erwähnte er wie beiläufig, dass Samuel ägyptische Artefakte verkauft hatte, die aus Gräbern im Tal der Könige geraubt worden waren. Da Gloria auch dieser Art von Handel so viel Beachtung zu schenken schien wie eine Katze einer Taucheruhr, kniff Gio die Augen zusammen und sprach nun leiser, Geflüster, Geheimnisse und Anspielungen, gab preis, dass Samuel am Verkauf von Flugzeugteilen beteiligt war, die verunglückten Maschinen illegal entnommen und halbwegs repariert wurden.

»Damit du die Folgen dieses rechtswidrigen Handels verstehst, nenne ich dir nur das Beispiel der Convair, die auf der Strecke zwischen Oslo und Hamburg im September 1989 ins Meer gefallen ist, wegen irregulärer Ersatzteile, und das der israelischen Boeing 747, die im Oktober 1992, kurz nachdem sie in Amsterdam gestartet war, wegen ausfallender Triebwerke in einen Häuserblock gestürzt ist. Kannst du dir ein Flugzeug ohne Triebwerk vorstellen? Wegen Leuten wie dein Sami ...«

»Weder Waffen noch Drogen?«, unterbrach ihn Gloria.

Gio musste eingestehen, dass Samuel nichts mit dieser Art von Handel zu tun hatte. *Bis jetzt.* Gloria zuckte mit den Schultern, lächelte ihn an und sagte: »Ich muss wieder rein.

Gleich ist Stoßzeit«, ging dann hinaus und schloss sachte die Tür hinter sich, um die unveränderliche Ordnung der Dinge im Büro ihres lieben Onkel Gios nicht zu stören.

Gloria dachte noch lange über dieses Gespräch nach, manchmal sogar, wenn sie in Samuels Armen lag. Es handelte sich nicht um ein Geheimnis, es war nichts, was sie vor ihrem Liebsten verbarg. Sie konnte ohnehin nicht anders. Sie war allein bei Eltern aufgewachsen, die ein zutiefst instabiles Paar bildeten. Ein Vater, der seine Frau wie ein Gnadenwunder ansah, und eine Mutter, die nichts anderes wollte, als sich aus ihren Fesseln zu befreien, und so lang ausgeschlagen hatte, bis diese am Ende rissen. Schweigend hatte sie der fatalen Entwicklung ihrer Beziehung zugesehen. So etwas führt, das ist unbestreitbar, zu stillen, misstrauischen, lauernden Kindern und schließlich Erwachsenen, die kein Problem darin sehen, in den Tiefen ihres Herzens – in den Tiefen wovon ihr wollt übrigens, in den Tiefen ihres Kopfes, in den Tiefen der Wälder – eine Hütte zu bauen, in die sie sich zurückziehen und erholen können. Sie sagen nicht alles, was ihnen durch den Kopf geht. Sie kennen die verheerenden Folgen und die Illusion von absoluter Ehrlichkeit. Ich werde dich nie belügen usw. Also bewahren sie sich einen sicheren Ort, der garantiert, dass sie dem Anderen, den sie so sehr lieben, der sie aber manchmal erschreckt oder aufregt – es endet immer damit, dass der Andere uns aufregt, daran zweifeln wir keine Sekunde lang –, dass sie dem Anderen, sagte ich, weder ihre Verbitterung noch ihre giftigen Geheimnisse an den Kopf werfen.

All das nur, um zu unterstreichen, dass Gloria sich problemlos in die Arme ihres Liebsten schmiegen konnte, ganz ihm gehören und ihn ganz besitzen, sie am frühen Morgen zusammen aufwachen konnten, zitternd, feurig, und sie zur gleichen Zeit fähig war, besonnen darüber nachzudenken, was Onkel Gio zu ihr gesagt hatte.

Samuel war einer, der etwas zweifellos Schädliches (Zigarette und Gin Tonic) in etwas Gemütliches und Einladendes verwandeln konnte. Er hatte ein Zimmer in der Stadt gemietet, hatte zu ihr gesagt: »Ich will nicht weg, ich kann dich nicht zurücklassen, mein Herz, bis jetzt habe ich aus dem Koffer gelebt, aber ich will das alles nicht mehr.« Er hatte sie nicht gebeten, ihm zu folgen, er hatte nur versichert, dass er immer zurückkomme, »Ich gehe auf Reisen«, sagte er, und seine Worte waren die eines Handlungsreisenden in beigefarbenem Trenchcoat, der in die Bretagne fuhr, um seine Regenschirme an den Mann zu bringen. »Ich komme bald wieder«, fügte er hinzu. Und das genügte Gloria. Sie zweifelte nicht an seiner Liebe. Sie fühlte sich auserwählt. Und das verschaffte ihr innere Ruhe.

Onkel Gio hatte irgendwann gesagt:

»Solche Jungs geben gute Freizeitanimateure oder Sportlehrer ab, sofern sich jemand ihrer annimmt, aber meistens bleibt es dabei, dass sie zu viel trinken und alles versauen.«

Gloria hatte Samuel in die blaue Strandhütte mitgenommen und dort mit ihm ihre erste gemeinsame Nacht verbracht; dieser Mann war ein Geschenk, er war unglaublich zärtlich, der Kontrast zwischen der Zärtlichkeit der Männer und ihrer sichtbaren Körperkraft ist ein Wunder, wie der Anblick eines Säuglings in den behutsamen Armen eines Riesen, dessen Hauptbeschäftigung die Jagd oder das Fällen von Bäumen ist, ein triviales, perfektes, reptilartiges Gefühl, aber es funktioniert immer. Es war also etwas Kostbares, mit Samuel im Bett zu liegen, nachts zwanzig Mal aufzuwachen, ihm beim Schlafen zuzusehen, seinen Duft einzuatmen, zu denken, Ich will er sein, um ihn nie zu verlassen, sich diesem Neandertalergefühl hinzugeben, Beschütz mich, ich werde mich ohne dich nie mehr sicher fühlen, sie war siebzehn, seien Sie nachsichtig, und darüber hinaus hat diese Art von Empfindung bei einem so zupackenden und willensstarken Mädchen wie Gloria etwas Rührendes, es ließ sie Teil der großen internationalen Gemeinschaft von Mädchen werden, die sich in Kleinganoven verlieben.

7

Kayserheim liegt weit weg von allem außer der deutschen Grenze. Die Stadt ist winzig, zugepflastert, das Dach des Rathauses ist mit lackierten zweifarbigen Ziegeln gedeckt, ihr Rot ist das der Geranien in den Blumenkästen der Fußgängerzone. Auf dem kleinen Marktplatz stehen sich eine evangelische und eine katholische Kirche herausfordernd gegenüber. In den wenigen Geschäften der Einkaufsstraße wird Elsässisch gesprochen, eine Sprache, die Gloria als Kind erschreckte, da sie glaubte, die Leute würden sie nur benutzen, wenn sie wütend sind oder etwas im Schilde führen. Kayserheim gleicht einem Lebkuchendorf, das auf Weihnachten wartet, auf Schnee.

Nichts hat sich verändert. Glorias Vater liebte es, dass Kayserheim ein einziger Anachronismus ist, ihre Mutter dagegen zuckte mit den Schultern und ließ sich nur dadurch zufriedenstellen, dass sie täglich zwei Blaubeerküchlein von Sauchinger verschlang. Sie aß nie weniger und nie mehr als zwei. Es war sehr schwierig, dieser Frau eine Freude zu machen. Sie kümmerte sich selbst darum.

Nach ihrer Ankunft entschieden die Mädchen, dass sie nun Ferien hätten, und nahmen ihren Sommerrhythmus auf – Loulou steht früh auf, sucht Eidechsen, spielt mit den Ameisen, die die Vortreppe stürmen, zählt ihre Mückenstiche, spricht den Großteil der Zeit mit sich selbst und verstellt für diese Dialoge ihre Stimme, begeistert sich beim Anblick eines Vogels in einem der Bäume, versucht ihn mithilfe des Buches zu bestimmen, das Gloria ihr gekauft hat, und sagt immer wieder, Hier ist es schön. Stella hingegen schläft bis ein Uhr mittags. Schon nach dem ersten Aufwachen hat sie sich das ganze Haus angesehen und mit düsterer Stimme gesagt: »Ich mag diesen Ort.« Da Gloria sie noch nicht allein im Haus lassen will, wartet sie bis zum Nachmittag, um Besorgungen zu machen, und nimmt ihre beiden Mädchen im Auto mit, Stella beschwert sich nicht allzu sehr, da sie lieber in die Stadt fährt (auch wenn es Kayserheim ist – Kayserheim ist in Wirklichkeit weder ein Dorf noch eine Stadt, sondern ein Marktflecken), als den ganzen Tag mit ihrer Mutter das Gestrüpp im Garten auszureißen.

Gloria kauft Fahrräder und bereut später, Fahrräder gekauft zu haben, da Stella abends gern allein in der Gegend herumfährt.

Stella weiß, vor wem sich ihre Mutter fürchtet, und sagt regelmäßig, halb belustigt, halb tröstend: »Mach dir keine Sorgen, er wird uns nicht bis hierher folgen.«

»Wer?«, fragt dann normalerweise Loulou, erhält aber keine Antwort. Was nicht weiter schlimm ist, da sie schon mit etwas anderem beschäftigt ist.

Ein paar Tage nach ihrer Ankunft entschließt sich Gloria, dem alten Buch einen Besuch abzustatten, dessen elektrische Sägen man das Holz zerkleinern hört, und dessen Hunde krampfhaft bellen, sobald ein Fahrradfahrer am Sägewerk vorbeifährt. Sie bereitet mit Loulou eine Fleischpastete zu. Stella kommt in die Küche und sieht, was sie vorhaben. Sie zuckt mit den Schultern: »Eine Flasche Schnaps ist ihm sicher lieber.« Gloria antwortet nicht. Ihr kommt keine einzige Flasche Alkohol ins Haus, auch wenn sie gleich weiterverschenkt wird. Stella schaut ihnen bei der Arbeit zu, Loulou panscht in der Entenleber herum und ermahnt diese dabei ein wenig. Stella setzt ihre perfektionierte lustlose Miene auf. Gloria sagt zu ihr:

»Es ist eine Woche vergangen, seit ich dich habe lächeln sehen.«

»Das ist ein Experiment.«

»Ist es für uns gedacht?«

»Ich übe.«

»Was übst du?«

»Hast du noch nie bemerkt, dass man uns immer sagt, wir sollen lächeln, um die Männer nicht zu verschrecken?«
Stella verlagert ihr Gewicht auf ein Bein, eine Haltung, die Nachgiebigkeit vortäuscht.
»Ein Lächeln genügt und alle glauben, du bist harmlos. Gestern, als ich mit dem Fahrrad zum Einkaufen ins Kaff gefahren bin, habe ich nicht ein einziges Mal gelächelt, und alle haben sich unwohl gefühlt. Das solltest du mal ausprobieren, anstatt so verzweifelt die ganze Welt anzulächeln. Das ist wirklich spannend.«
Sie geht hinaus und nach oben, um sich in ihrem Zimmer einzuschließen.
Gloria sollte ihrer Tochter wohl mal erklären, wie nützlich es sein kann, gutmütig zu wirken.
Am Nachmittag geht sie mit Loulou den Weg hinter dem Haus entlang zum alten Buch. Loulou plappert und singt, wiederholt die Wörter, die sie mag, mit einer einprägsamen Melodie, »Kristallisieren kristallisieren kristallisieren, Zucker und Hefe«, zeichnet mit einem Stock, den sie überallhin mitnimmt, auf den Weg; sie hüpft in ihren Gummistiefeln, die sie trotz der Hitze trägt, die Arme mit mehr oder weniger missratenen Tätowierungen übersät und auf den verknoteten Haaren ein schiefsitzendes Diadem mit echten Diamanten.
»Pass mit den Hunden auf«, warnt Gloria. Aber Loulou hat ein besonderes Verhältnis zu Tieren. Als sie in den Hof treten, bellen die Hunde und rennen auf sie zu, Gloria erstarrt, wappnet sich für den Angriff, aber Loulou hockt sich hin und spricht mit ihnen in ihrer Hundesprache. Die drei Hunde laufen schwanzwedelnd um sie herum und

legen sich auf ihre Vorderpfoten wie bei einer Verbeugung, bevor sie sie zum Haus begleiten. Der alte Buch erscheint mit finsterem Blick im Türrahmen, auch er hat wohl seit ein oder zwei Jahrzehnten nicht mehr gelächelt.

Gloria ruft: »Ich bin die Enkelin von Antoinette Demongeot«, und schwenkt den Korb mit ihrer Opfergabe. Er nickt, die Augenbrauen immer noch zusammengezogen. Vielleicht sind sie inzwischen dort festgewachsen. Er lässt sie eintreten. Die Küche verströmt den gleichen Geruch wie der alte Buch, nur noch strenger, ein Geruch nach Tabak, Seife und Baumsaft. Loulou bleibt draußen, um mit den drei Wachhunden zu spielen. Als Gloria eine Stunde später wieder herauskommt, ist sie erschöpft. Der alte Buch hat ohne Ende von den Schwierigkeiten mit dem Sägewerk gesprochen, von den Arbeitern, die nichts mehr schaffen, den Parasiten, die sein Holz fressen, und den »Zigeunern«, *die kommen bis in eure Arme, um euren Söhnen, euren Gefährtinnen die Kehlen durchzuschneiden* und so weiter mit der Marseillaise, aber er hat ihr auch von seinen Sorgen um den Wald berichtet, niemand kenne sich mehr mit Bäumen und Pflanzen aus, niemand wisse mehr, wie man Ahornsaft ziehe, die Leute verwechselten die essbaren Früchte der Kornellkirsche mit denen, die Dünnpfiff verursachen, die bekloppten polnischen Waldarbeiter schlügen alles kurz und klein, er, der alte Buch, habe hingegen gelernt, die Rundhölzer mit dem Schlitten rauszuziehen, von den Hügeln bis zu den flößbaren Gewässern, er kenne alle Baumarten in *seinem* Wald, wisse, was geschlagen werden sollte, um besser aufforsten zu können, und was unbedingt erhalten werden müsse, er erkenne die

Fichtengallenlaus aus hundert Metern Entfernung, sehe sie an den Tannenspitzen auftauchen wie wattige Wolken, und er wisse, was zu tun sei, wisse, wann man den Baum noch behandeln könne, die Biester verbrennen müsse, die Äste abhacken, die Wunden des Stammes desinfizieren, um möglichst rasch wieder Ordnung herzustellen, oder wann man zu fällen habe. Gloria glaubt, dass der Kummer und die Wut des alten Buch ihm als Kompass dienen. Wie soll man der Wehmut und den Sorgen angesichts der Zukunft entgehen? Wie sich aus diesem Zustand der Unruhe befreien? Erneut geht sie über den Hof und ruft nach Loulou, findet sie schließlich in der Scheune inmitten der Hunde, versteckt zwischen unbrauchbaren Maschinen und großen schwarzen Plastiksäcken, die mit nicht zu identifizierendem Dreck gefüllt sind – die Beschriftung ist auf Chinesisch. Die Kleine kommt dazwischen hervor, fröhlich und zappelig, nach Hund und Schmieröl riechend.

»Kommen wir wieder her?«, fragt sie.

»Wir werden sehen«, antwortet Gloria.

Loulou erkundet das Haus: Sie vermutet (sie hofft), dass es irgendwo eine verborgene Kammer gibt. Es würde ihr gefallen, wenn sie die Tür eines Schranks öffnen und dahinter ein langer dunkler Flur auftauchen würde, der zu einem Teil des Hauses führt, dessen Existenz niemand geahnt hat, weil er von außen unsichtbar ist. Stella bohrt sich den Zeigefinger in die Schläfe und hört ihrer fantasierenden Schwester zu. Loulou regt sich auf und regt sich wieder ab. Wie ein Frühlingsschauer.

Gloria hilft ihre Überzeugung, dass ihre Töchter, wenn sie mitten im Krieg im Libanon geboren worden wären, oder in einer Hütte im Amazonasgebiet oder in einem Iglu, ihr Schicksal als selbstverständlich hingenommen hätten, wie kleine Tierchen, die fähig sind, sich an jede Umgebung anzupassen. Und dass diese Anpassungsfähigkeit in ihrem jungen Alter noch so groß ist, dass sie sich ohne stark zu leiden an ihr neues Leben gewöhnen würden.

Doch wenn sie nachts, nachdem die Lichter gelöscht sind, auf der Vortreppe sitzt und eiskaltes Sprudelwasser trinkt (sie hat alles durch eiskaltes Sprudelwasser ersetzt), fragt sie sich, ob ihr Vorhaben Sinn ergibt. Ob ihr Wunsch, sich zu schützen, und die, die sie liebt, vor den Gefahren der Welt in Sicherheit zu bringen, nicht ein Überbleibsel ihrer Kindheit ist. Sie war als kleines Mädchen sehr eigenbrötlerisch, instinktgesteuert und einen Hauch mystisch und sprach, genau wie Loulou, mit nicht wenigen unsichtbaren Wesen. Diese Tendenz nahm besorgniserregendere Züge an; so hörte sie als Kind lange Zeit eine kleine Stimme, die ihr sagte, wie sie sich zu verhalten habe, eine kleine Stimme, die sie überzeugte, dass sie, Gloria Marcaggi, auserwählt sei und eine Mission zu erfüllen habe, eine Mission von kosmischen Ausmaßen, versteht sich, eine Mission zur Rettung der Menschheit, wozu sonst die ganze Maskerade, man wird geboren, man lebt, man stirbt, und schwupps, jemand anderes ist dran? Mit sieben Jahren sagte sie sich, All das muss doch einen Sinn haben.

Der Zufall ist so schwer zu akzeptieren, sagte Onkel Gio mit hochgezogenen Brauen und nickte wissend.

Als Kind schlug sie ihrem Vater vor, im Garten von Kayserheim einen Bunker zu bauen. Sie hatte zu viele Folgen von *Die vierte Dimension* geschaut, das war samstags in ihrer Wohnung in Vallenargues eine ihrer Lieblingsbeschäftigungen, sie legte sich aufs Sofa, legte ihre Beine auf den Schoß ihres Vaters und er streichelte mit einer Hand ihre Waden und hielt mit der anderen eine Zigarette von ihnen weg, damit so wenig Rauch wie möglich in die brandneuen Lungen seiner Tochter drang; sie liebten die Geschichten von außerirdischen Invasionen und die permanente Drohung einer Bombe, die einem auf die Nase fällt und nur Zerstörung und ein, zwei entgeisterte Menschen hinterlässt, aber Gloria war ein leicht zu beeindruckendes Mädchen, und auch wenn es nicht mehr die Zeit war, in der man in Schwarz-Weiß einen unmittelbar bevorstehenden Konflikt zwischen Sowjets und Amerikanern zu sehen bekam, erschien es ihr logisch, wie es die fixe Idee mit dem Bunker zeigte, ihre Familie und sich selbst zu schützen, bevor sie sich daran machen würde, den Rest der Menschheit zu retten. Ein bisschen wie im Flugzeug, wenn es heißt, erst sich selbst die Sauerstoffmaske über das Gesicht zu ziehen, bevor man den Kindern eine anlegt.

(Im Übrigen ist sich Gloria im Klaren, dass es ihr sehr schwer fallen würde, den Kindern nicht die Sauerstoffmasken anzulegen, bevor sie nach einer für sich selbst schaut (sie kann nicht anders, als diese Maßnahme als eine Art stillschweigenden und/oder fatalistischen Zynismus zu sehen – wer hat jemals einen Flugzeugabsturz überlebt, nur weil er eine Rettungsweste oder eine Sauerstoffmaske angelegt hat? –, aber zum Glück ist Gloria

noch nie geflogen, weder allein noch mit den Kindern).
Nach Stellas Geburt bemerkte Samuel Glorias Selbst-
aufopferungstrieb und zog sie gern damit auf, nannte
sie zärtlich »Pelikan«, verschlingt meine Gedärme, liebe
Kleinen, denn es gibt nichts anderes mehr zu fressen. Auf
gewisse Weise kann man Glorias Verwandlung in eine Peli-
kanmutter als Abweichung vom Atavismus der Schalck-
Frauen betrachten.)
Um auf den Bunker zurückzukommen: Ihr Vater hatte
abgelehnt. Besser gesagt, er hatte das Vorhaben vertagt.
Wie es seine Gewohnheit war. Eine Gewohnheit, die er bei
seiner Tochter ebenso wenig ablegte wie bei seiner Frau.
Die wankelmütige Gloria war ohnehin rasch zu anderen
Projekten übergegangen – die Anschaffung eines Seismo-
graphen, eines Geigerzählers, üben, mit möglichst wenig
Schlaf auszukommen, Kalorien zählen bei jedem Essen
(auch Zwischenmahlzeiten).
(Sie verstehen also, dass Onkel Gios Überzeugung, die
Welt gehe den Bach runter, für Gloria wie maßgeschneidert war, und es für seine furchteinflößenden Reden kein
offeneres Ohr gab – auch wenn sie ihre eigenen apokalyp-
tischen Tendenzen als Jugendliche tief in sich vergrub, um
zu versuchen, als junge Frau ein freies Leben zu führen.
Diese besondere Veranlagung, ständig mit der Apokalypse
zu rechnen, gleicht einer Infektion, die man in sich trägt,
die einen aber tief in den Organen sitzend in Ruhe lässt,
bis sie eines Tages hervortritt und ruft: Tataa, sag nicht,
du hast mich vergessen!)
Aus all diesen Gründen beunruhigt Gloria die Nachbar-
schaft mit dem alten Buch; sie wird ihn meiden, um ihre

Schwachstelle nicht zu vergrößern, denn sie misstraut ihrer Fähigkeit, Risiken einzuschätzen. Es wäre aber auch falsch, die eigene Intuition zu ignorieren und aus Angst, vollkommen paranoid zu werden, jede Wachsamkeit abzulegen. Also hatte Gloria, bevor sie die Entscheidung fällte, Vallenargues zu verlassen, sich hinlänglich versichert, dass Pietro auch wirklich eine Gefahr für ihre Sicherheit geworden war. Somit ist es für sie offensichtlich, dass sie nach dem Sommer nicht nach Vallenargues zurückkehren würden – worüber sie die Mädchen nicht eindeutig informiert hatte. Zu Anfang wollte sie sie unter falschem Namen in Kayserheim einschulen. Wer fragt schon nach dem Ausweis eines Kindes bei dessen Anmeldung. Dann dachte sie, Beruhige dich, beruhige dich. Kinder allein aufzuziehen bedeutet, die Panik im Zaum halten zu müssen. Aber Kayserheim beruhigt sie, das Rauschen des Flusses und die grünen und frischen Düfte des Waldes beruhigen sie, die lauwarme Erde, aus der die Wärme des Tages strömt, beruhigt sie, sogar der in der Luft hängende Fischgeruch, den Stella hasst, den Gloria aber als Beweis dafür nimmt, dass der See noch voller Fische ist. Selbst das Bellen der Hunde des alten Buch stört sie nicht. Abends kann sie stundenlang so sitzen bleiben, die Füße auf der Balustrade, zu ihrer Rechten den mit Eiswürfeln gefüllten Eimer, in dem die Flasche Sprudelwasser desto stärker trudelt, je leerer sie wird, im Rücken das Geräusch des Fernsehers – sie hat einen neuen mit weniger elefantösen Ausmaßen gekauft –, in Gedanken bei den Mädchen, die auf dem Sofa liegen, Loulou gebannt von einer dieser Kindersendungen, die im Sommer rauf und runter laufen,

während Stella liest – Stella liebt es zum Glück zu lesen –
und von Zeit zu Zeit einen Blick auf den Bildschirm zu
werfen, den Kopf zu schütteln und zu lachen, als sei alles,
was dort gezeigt wird, nur ein Bluff, von dem sie sich nicht
einen Augenblick lang täuschen lässt.
Gloria hat Pietro nie von dem Haus in Kayserheim erzählt.
Aber vielleicht hatte sie Ferien im Elsass in ihrer Kindheit
erwähnt. Jedenfalls nichts Genaueres. Dafür würde sie
ihre Hand ins Feuer legen. Sie kann sich also getrost seine
Wut vorstellen, wenn er ihr Verschwinden bemerkt. Und
sich darüber freuen. Ein wohliger Schauer.


8


Gloria spürte, dass jemand sie beobachtete, aber wenn sie
sich umdrehte, war nie jemand zu sehen.


9


Samuel träumte davon, seine Tätigkeiten auf einen Ort
zu konzentrieren, eine Halle zu finden und dort Möbel zu
restaurieren, die er hier und da auftrieb.
Aber in Wirklichkeit, wenn wir aufhören, uns etwas vor-
zumachen, wollte er ganz einfach Fälscher werden. Samuel
war tatsächlich recht geschickt darin, Möbel und Stoffe,
die vorher kaum beachtenswert waren, altern zu lassen,

um sie danach an eingeweihte Trödler weiterzuverkaufen, die danach unwissende Antiquitätenliebhaber reinlegten. Er widmete sich diesem Talent nur gelegentlich. Es fehlte ihm die Zeit und Sesshaftigkeit und außerdem ein Ort, an dem er die großen Stücke unterstellen konnte. Für den Augenblick bestand seine Hauptaktivität also im Finden. Er fand Gegenstände im Auftrag von Sammlern – und Antiquitätenhändlern. Nichts daran war wirklich vorschriftsmäßig. Die besagten Gegenstände waren selten auf legale Weise in die Hände derjenigen gelangt, die sie Samuel anvertrauten, und er kümmerte sich darum, sie dem Auftraggeber diskret und schnell zu überbringen.

Er hatte auch schon mit dem Schiff Tiere aus Tanger mitgebracht. Meistens Berberaffen oder Schlangen, Atlas-Zwergottern oder Kobras aus Nordafrika. Aber eines Tages musste er eine Damagazelle abholen, eine wunderschöne Kreatur mit einem weißen Kopf und so nervösen Gliedmaßen, dass sie zu zittern und kurz vor dem Zusammenbruch zu stehen schien; er betrachtete sie durch die Gitterstäbe ihrer Kiste, ihre Augen waren schwarz und mit langen, anrührenden Wimpern versehen, und sie taxierten einander, er, der kleine gewitzte, skrupellose Kerl, und sie, die Prinzessin der grünen Steppe, Vertreterin einer Art, von der nur noch ein paar Exemplare übrig waren – was Samuel nicht wusste. Doch er hatte eine Art Verunsicherung gespürt, er hatte das Gefühl, einmal ist keinmal, das letzte Einhorn vor sich zu haben.

Und dann, als der Skipper sie warnte, dass eine Patrouille der Küstenwache sie entdeckt hätte, und Samuel und die beiden Trottel, die Teil der Mannschaft waren, anwies, das

Biest über Bord gehen zu lassen, überkam Samuel Schwindel:

»Das können wir nicht tun.«

»Wenn du es nicht tust, bist du derjenige, der bald hinter Gittern sitzt, Arschloch«, entgegnete der Skipper.

Die beiden Trottel zögerten keine Sekunde, und Samuel musste ihnen unter die Arme greifen. Er sagte noch:

»Wir werden sie nicht in dieser verdammten Kiste ertrinken lassen.«

Woraufhin Trottel Nummer eins lachend zu ihm sagte:

»Kannst ihr ja einen Schlag hinter die Ohren verpassen, Lusche.«

Und Samuel fühlte sich unendlich hilflos, er half, die Kiste über Bord zu wuchten, und da diese nicht besonders leicht zu bewegen war, hatte Trottel Nummer zwei sich selbst angespornt, indem er die Gazelle beschimpfte. Man hörte – Samuel hörte – das traurige Klappern der Hufen der Gazelle, die versuchte, ihr Gleichgewicht zu halten.

Als er sah, wie die Kiste im Wasser versank, entschied Samuel, dass dies seine letzte Expedition mit Tieren gewesen war. Von nun an würde er nur noch leblose Gegenstände zusammentragen, die die Sammler mit ihren ebenso vielfältigen wie verrückten Obsessionen ihm zu finden auftrugen. Als sie in Marseille angelegt hatten, ging der Skipper los, um dem Auftraggeber die Sache zu erklären, und Samuel setzte sich in ein Straßencafé am alten Hafen. Er war so niedergeschlagen, dass er an seinen Vater und seine Mutter dachte, an die kleine Stadt Anjou, aus der er stammte, an die seit Ewigkeiten geschlossene Kurzwarenhandlung, die seine Großmutter geführt hatte, an die Landstraße, die den Ort entzweischnitt, an den Zeitungsverkäufer und an das außerhalb liegende Einkaufszentrum, er dachte an das bescheidene Haus seiner Eltern mit dem Gemüsegarten dahinter, den sein Vater bestellte, wenn er von seinen Reisen heimkehrte – er war Fernfahrer –, und er wusste, dass seine Mutter in Tränen ausgebrochen wäre, wenn sie erfahren hätte, was ihr Sohn da angestellt hatte. Eine Welle der Melancholie erfasste ihn, die die Ethanolmoleküle gefährlich verstärkten. Er fühlte sich schwermütig und alt. Und er sah immer noch die Augen seines Einhorns vor sich, in denen er im Nachhinein entweder Vorwürfe oder Akzeptanz des Unausweichlichen oder Verwünschung zu lesen glaubte, er war sich keiner Sache mehr sicher.

Als er Gloria traf und sie ihm verkündete, dass sie mit achtzehn genug Geld zur Verfügung haben würde, um eine Zeit lang für sie sorgen zu können, war ihm der Gedanke des Lagers und der handwerklichen Arbeit gekommen.

Sie hatte es ihm eines frühen Morgens in der blauen Hütte gesagt. Sie rauchten im Bett und lauschten den Möwen, ein Lichtstrahl fiel durch die Fensterläden und auf Samuels Wangenknochen, mikroskopisch kleine Staubkörner im Lichtstrahl eines Diaprojektors; sie dachte, jemand wolle ihr etwas zeigen, wie wenn die Sonne die Mitte der Rosette im Versunkenen Tempel markiert. Sie lächelten einander an, Samuel stand auf, um Kaffee zu kochen, und als er wiederkam, erzählte sie ihm von dem Geld, das an ihrem achtzehnten Geburtstag »kommen« würde.

Sie griff nach ihrer auf dem Boden liegenden Tasche, kramte darin, fand die Visitenkarte des Anwalts ihres

Vaters und reichte sie Samuel, der laut vorlas, »Pietro Santini«, und mit den Augen rollte. »Pietro Santini« wiederholte er und karikierte dabei den korsischen Akzent. Sie lachte. Er warf die Karte auf den Boden und legte sich auf sie, wie sie es gerne hatten, perfekt überlappt, und nannte sie »meine kleine Erbin«.

## 10

Bis vor kurzem hatten Gloria und ihre Töchter nur die Sommer am Meer von Vallenargues gekannt. Sonnige, salzige, sandige Sommer, die vor allem aus langen Siestas in den glühenden Nachmittagsstunden und Kämpfen zwischen den beiden Kleinen um den Wasserzerstäuber bestanden – damals waren sie beide noch klein. Gegen siebzehn Uhr fuhr sie sie zum Malibu-Strand (benannt nach dem angrenzenden Nachtclub) und schaute ihnen vom Ufer aus beim Schwimmen zu, oder vielmehr beim Herumtollen und Planschen, beim Handstandmachen, Loulou mit ihren gelben Schwimmflügeln, die sie »Flossis« nannte, und Stella im einteiligen Badeanzug, beide erkennbar fröhlich und damit beschäftigt, Sandburgen zu bauen, Muscheln und perfekte Steine zu sammeln (Loulou), Kiesel über das Wasser hüpfen zu lassen (Stella), die mitgebrachten Kekse ins Meerwasser zu tunken, Muscheln auszulutschen und mit ihren Keschern kleine durchsichtige und gallertartige Quallen herauszufischen.

Gloria empfand in dem Moment Erfüllung und Traurigkeit. Die ruhige und gespenstische Traurigkeit, die sie seit dem Tod ihrer großen Liebe begleitete. Eine bewohnbare Traurigkeit, komfortabel, für sie maßgeschneidert, die zu ihrem Leben geworden war und sie dazu antrieb, ihre Töchter mit so viel Liebe und Achtsamkeit wie möglich aufzuziehen.

## 11

Je mehr Tage ins Land gehen, desto mehr scheint Stella sich an die Lage zu gewöhnen oder sich mit ihr zu arrangieren. Sie findet es schließlich sogar amüsant, mit dem Auto zum Müllabladeplatz zu fahren, um den ganzen Krempel aus dem Wohnzimmer zu entsorgen – den alten Fernseher, die Vitrine mit den Eulen, nur die Fotos von Antoinette Demongeot bleiben natürlich. Im unteren Schlafzimmer herrschte ein heilloses Durcheinander. Antoinette Demongeot hatte dort alles abgestellt, was sich nirgendwo sonst horten ließ, und den Raum so in eine Art riesigen Schrank verwandelt, dessen Tür sie nie wieder zu öffnen gedachte (aus Angst, dass das besagte Durcheinander über ihr einstürzte und sie für immer unter sich begrub, so zugestopft war alles). Antoinette Demongeot hat nie etwas weggeworfen, sondern aufgestöbert, angesammelt, angehäuft und sah sich schließlich mit der Last ihrer Sammlung konfrontiert, da sie mit einem unerträglichen Widerspruch lebte: Sie wollte diese Anhäufung fast toter Gegenstände nicht vor Augen haben, aber liebte die Vorstellung, dass sie irgendwo im Haus waren. Antoinette Demongeot hat alles aufgehoben, Wecker, die nicht mehr klingeln, aber noch die Uhrzeit anzeigen, Lichterketten, an denen ein Teil der Glühbirnen durchgebrannt ist, Speitüten (unbenutzt, Gott sei Dank, aber oft löchrig), die sie auf jedem Flug nach Spanien sammelte, nicht ganz heruntergebrannte Kerzen, Kartendecks, in denen zwei Asse und die Karo-Sieben fehlen, Regenschirme mit gebrochener Strebe, bröselige Gummibänder, Haarspangen, die nicht stark genug gekrümmt sind und rutschen, wenn man sie in die Haare eines kleinen Mädchens klippt, leere Pralinenschachteln (so elegant, dass man sie unmöglich wegwerfen kann), Puzzles, in denen Dutzende Teile fehlen, Bücher, die nie jemand lesen wird, und dann Plastiktüten um Plastiktüten um Plastiktüten um Plastiktüten.

Nach der wohltuenden Entrümpelung bestellten Stella und Loulou mit ihrer Mutter neue Möbel über das Internet – das es nur auf Glorias Handy gibt, von dem sie sich fast nie trennt. »Ist es angewachsen?«, fragt Stella oft spöttisch. Sie weiß genau, dass ihre Mutter befürchtet, sie könnte versuchen, ihre Freunde zu erreichen. Gloria entgegnet dann: »Lass uns ein bisschen Zeit, dann kannst du sie sogar hierher einladen.« Was Stella zum Lachen bringt: Wer will schon das Mittelmeer verlassen, um sich in Kayserheim zu begraben?

Dann warteten sie auf die Lieferung, packten die Kartons aus, versuchten, die Aufbauanleitung zu verstehen, vertrauten lieber ihrer Intuition, stritten sich nicht wenig, ließen sich schließlich auf ihr neues Sofa fallen und legten die Füße auf dem neuen Couchtisch vor dem neuen Fernseher ab.

Gloria ließ einen Bewegungsmelder im Garten installieren. Aber da die Rehe nachts auf dem Weg zum See hindurchliefen, um sich an den Eichenblättern am Ufer gütlich zu tun, schaltete sie ihn wieder ab. Zu oft war sie mit klopfendem Herzen aufgewacht und hatte dann unsinnigerweise in Unterhose auf der Vortreppe gestanden, mit aufgerissenen Augen, die Beretta in der Hand.

Nach anfänglichen Vorbehalten begann Stella das Haus sichtlich zu mögen, den Stuck, die bunten Glasfenster im Treppenhaus, seine alte Schönheit, die etwas Verblühtes und Pudriges hatte, wie eine sehr alte Dame, die sich weigert, den Löffel abzugeben. Die Küche ist ein wunderbarer Ort: Es riecht nach Holzfeuer, Wald und frischem Gras, überall finden sich Dinge, die nicht tot, aber eingeschlafen wirken. Küchenutensilien, deren Nutzen man nur erraten kann. Das wäre ein gutes Spiel: »Wozu ist das gut? Zum Schrauben, Eierpellen oder Schnecken aufspießen?« Die Küche ist der wütenden Polyethylen-Modernisierung von Antoinette Demongeot auf mysteriöse Weise entgangen. Es ist eine Küche zum Kuchenbacken und Marmeladekochen, eine Küche mit Regalen an allen Wänden, einem gewaltigen Buffet, einem steinernen Spülbecken und einem Ofen.

An manchen Juliabenden machen sie ein Feuer im Garten, weil Loulou die Art liebt, mit der sich die Tannennadeln entzünden, explodieren, sich knackend krümmen und rasch verglühen. Stella zeigt ihre Begeisterung nicht offen, aber diese Abende in der Dunkelheit sind perfekt, sie sitzt auf einem Holzblock und röstet Marshmallows, während sie ihrer kleinen Schwester Schauergeschichten erzählt, Gloria liegt auf der Liege ihrer Großmutter, mit Loulou auf dem Bauch, die nach Sternschnuppen Ausschau hält (und dann ruft, dass sie welche sieht, auch wenn der Himmel wolkenverhangen ist). Dutzende Fledermäuse schwirren durch die Dunkelheit und streifen sie. Loulou nennt sie alle Sophie. Sie würde gern eine oder zwei zähmen.

Wenn Gloria den Auf-geht's-Zähneputzen-und-ab-ins-Bett-Moment ankündigt, bittet Loulou schnell darum, dass von ihrem Vater erzählt wird.

Sie sagt: »Es ist so ungerecht, ich habe ihn nicht gekannt.« Sie weiß, dass weder ihre Mutter noch ihre Schwester diese Bitte abschlagen können.

»Das macht man nicht.«

Der Moment ist gekommen, um von Samuel zu erzählen, die vom Mondlicht versilberte Beichtstunde, Flüsterstunde, die Stunde der Gefühle; wir brauchen solche Momente in der Nacht, da wir so zarte Tiere sind, so voller Verzweiflung.

Gloria seufzt, man könnte meinen, sie habe es über, schon wieder die Geschichte des wundervollen und verstorbenen Vaters zu erzählen, aber nein, so ist es nicht, es ist ein wohliger Seufzer, hervorgelockt durch das Wiederaufleben der Dinge, das Wiederaufleben der Legende. Sie fragt: »Was willst du?«

Und Loulou bestellt, Loulou möchte »Die erste Begegnung«, »Die Hütte«, »Das kleine Hotel in Marseille mit dem Pelikan mit dem verletzten Fuß in der Badewanne«, »Die Italienreise«. Manchmal möchte sie »Der Brand«.

Wenn Gloria ihr von der Brandnacht erzählt, weint Loulou, sie weint wegen ihrer eigenen Abwesenheit, sie wäre gern dabei gewesen, wie Stella, als die Feuerwehr anrief und Gloria aus dem Schlaf riss, sie will Details über Glorias Erwachen hören, woran hat sie gedacht, als sie das Telefon hat klingeln hören, und was, als die Stimme im Hörer sich vorstellte und ihr mitteilte, dass die Werkstatt gerade in Rauch aufging, Gloria erinnert sich nicht genau, nur an den Schock, das dumpfe Brummen in den Ohren, ein Brummen, das sie daran hinderte zu verstehen, was man ihr am Telefon sagte, wie eine Unterwasserexplosion direkt am Trommelfell, sie erinnert sich nur, dass ihr Mund sich anfühlte wie Leder, sie erinnert sich an ihren Durst, das ist alles, also erfindet sie, Loulou stellt sich einen behelmten Feuerwehrmann vor, der mitten in der Nacht anruft, sie sieht ihn, wie er in den Flammen funkelt, und sie weint, weint, weil sie ihren Vater verpasst hat, weil sie im entscheidenden Moment nur eine winzige Zellanhäufung im Körper ihrer Mutter war. »Ein ganz kleiner Mensch«, korrigiert Gloria stets. »Ein ganz kleines Menschlein mit Ohren, um die Stimme deines Papas zu hören, und Haut, um sein Streicheln zu spüren«, sie sagt, dass Samuel bereits gewusst habe, dass Loulou in ihrem Bauch gewesen sei, bevor der Unfall geschah, und dass er sie gestreichelt und er mit dem kleinen Menschlein gesprochen habe, was nicht stimmt, aber das ist nicht wichtig, Loulou weint, und Stella und Gloria lassen sie weinen, es ist ein wertvoller Kummer, süß und verbindend. Dann bittet Loulou ihre Schwester, von ihrem Vater zu erzählen, und Stella erzählt von Schwimmbädern, Wassereis, Rugby im Fernsehen, Zigaretten und Tandoori-Huhn am Samstagabend.

»Andererseits fehlt er mir weniger als dir, weil ich ihn nicht gekannt habe«, lautet Loulous Schlussfolgerung.

Und der Abend endet mit Loulous Geburt. Mit der Schönheit der neugeborenen Loulou, dem Staunen und der Liebe, die sie drei bereits zusammengeschweißt hat, vereint »allen Widrigkeiten zum Trotz«.

Amen, denkt Gloria.

## 12

Bis Gloria acht Jahre alt war, lebte ihre Großmutter mütterlicherseits den Großteil des Jahres im Kayserheimer Haus, und Gloria fuhr dort jeden Sommer hin. Antoinette Demongeot war eine alte, sehr magere Frau, die ihre Zeit damit verbrachte, sich mitten im Garten auf einem Liegestuhl zu sonnen, wobei sie sich manchmal sogar eine Aluminiumplatte unter das Kinn hielt, um sicherzugehen, dass auch kein Sonnenstrahl entkam. Meistens trug sie dabei BH und Shorts. Gloria betrachtete eingehend ihre gebräunte, faltige Haut, viel zu viel Haut für einen so schmalen Körper, ihre wie eine Hummerreuse hervorstehenden Rippen, und die Farbe gebrannter Mandeln, die sie annahm. Ihre blonden Haare bildeten einen moosigen Heiligenschein um ihren Kopf, wirkten geradezu verschwommen, sie schob strassbesetzte Klammern hinein, so dass das Ganze wie eine gelbe, mit winzigen Glasscherben gesprenkelte Zuckerwatte aussah. Sie hatte nicht viel für Kinder übrig. Um sie zu erweichen, wollte Glorias Mutter ihre Tochter Antoinette nennen. Aber Glorias Vater hatte sie in einem seltenen Akt der Rebellion – einmal ist keinmal, sagen wir noch lauter – beim Standesamt als Gloria eintragen lassen. Antoinette als zweiten Vornamen. Aber Gloria als ersten. Wegen des Lieds von Van Morrison. Und wegen Antoinette Demongeot, bei der sich kein Vater gewünscht hätte, dass seine Tochter ihr ähnelt. War sein Vorhaben, die Namen auszutauschen, in den letzten Schwangerschaftsmonaten seiner Frau gereift, oder hatte er sich vor dem Standesbeamten spontan dazu entschlossen? Ich tendiere zur zweiten Variante, denn er war kein scheinheiliger Mann. Sicher hatte er in dem Moment, als er den Vornamen seiner Tochter in das vorgesehene Formular eintragen sollte, das orangefarbene Gesicht seiner Schwiegermutter vor Augen gehabt, diese Shar-Pei-Haut und den bösen Blick, mit dem sie alles bedachte. Einer Eingebung folgend hatte er ihre Tochter also Gloria genannt.

Dass er sich das herausgenommen hatte, nahm ihm seine Frau übel, bis sie ihn verließ, und bestimmt auch noch danach. Im Übrigen nannte sie Gloria nie beim Vornamen. Sie würde immer Küken sagen.

Antoinette Demongeot verbrachte einen Großteil des Jahres in Kayserheim, im Haus ihrer Kindheit, und die übrige Zeit in Spanien, in der Nähe von Benidorm, bei Freunden, die eine große Villa mit einem Solarium darauf besaßen – eine Betonterrasse, so glühend heiß und leer wie ein toxischer Planet.

Antoinette Demongeot war eine geborene Schalck. Aber sie hasste diesen Namen. Er bedeutete Narr oder Knecht, während, wie sie erklärte, die Familie ihres verstorbenen Gatten vor der Revolution den Namen De Mongeault getragen hatte, auseinandergeschrieben, mit Partikel und zufriedenstellender Schreibweise. Sie hatte sich also den Stammbaum ihres Mannes angeeignet, da dieser viel besser zu ihrem Selbstbild passte.

So viel haben wir verstanden, Antoinette Demongeot war keine Großmutter, die einem den Schinken in kleine Stücke schneidet, einem heimlich Chips zusteckt, einem anbietet, beim Kochen von Johannisbeergelee zu helfen, einen anfleht, ein Jäckchen überzuziehen, wenn man rausgeht, sich bei Anzeichen von Müdigkeit sorgt und ob man auch genug gegessen hat, die beim Radiohören strickt und einem beibringt, den Gesang der Drossel zu erkennen, wenn sie die Amsel imitiert.

Aber Glorias Mutter, die ihrer eigenen Mutter immer hatte gefallen wollen, nahm ihre Tochter oft mit nach Kayserheim und prahlte vor der alten Frau mit den Vorzügen des Kükens, das so lieb und sanft sei, so hübsch und so begabt im Zeichnen.

Antoinette Demongeot lächelte daraufhin und sagte, Davon musst du mir erzählen.

Dabei verzog sie die Oberlippe mit dem Netz vertikaler Falten, die Gloria sich nicht verkneifen konnte anzustarren und zu zählen, sobald sich ihre Großmutter zu ihr herunterbeugte um, was manchmal vorkam, mit ihr zu sprechen.

Glorias Mutter Nadine hatte Glorias Vater, Roberto Mar-

caggi, getroffen, als sie erst fünf und er zwanzig Jahre alt
war. Damals interessierte sie ihn ungefähr so sehr wie ein
Bobschlitten einen Flusskrebs, was nichts Außergewöhn-
liches war, etwas anderes wäre besorgniserregend gewesen.
Sie war nur das hübsche kleine Mädchen (gesmokter Rock
und hüpfende Rattenschwänzchen), das fast einen Kilometer entfernt im Haus am Waldrand wohnte, ein Nach-
barhaus im Elsässer Stil, und das er flüchtig zu Gesicht
bekam (das Mädchen, nicht das Haus), wenn er, als der
gute Junge, der er war, seiner ins Elsass ausgewanderten
Familie einen Besuch abstattete.
Roberto lebte eigentlich an der Küste, wie man damals
sagte, hatte es sich aber zur Gewohnheit gemacht, jedes
Jahr ein paar Tage bei seinen Verwandten im Elsass zu verbringen, wie er es schon als Kind in den kleinen Ferien
und zum Teil in den großen getan hatte, wenn seine Mutter sich nicht um ihn kümmern konnte. Die Familie Marcaggi war zwischen dem Elsass und Lothringen verstreut,
aber Robertos Mutter, die sich nie an die Winter mit
Minusgraden hatte gewöhnen können, hatte sich lieber im
Süden niedergelassen, an der Küste, in Vallenargues, wo
sie Schneiderin gewesen war und genug Geld für sich und
ihren Sohn verdient hatte (Vater Marcaggi war nicht aus
dem Krieg heimgekehrt, dem zweiten, von dem wir immer
noch hoffen, es sei der letzte). Aber all das ist wirklich eine
andere Geschichte, die uns weit vom Weg abbrächte, wir
könnten es uns im Übrigen bequem machen und von
einem schlecht zusammenpassenden Paar zum nächsten
schlecht zusammenpassenden Paar übergehen, uns von
einem verpfuschten Leben zum anderen hangeln, und

würden uns am Ende mitten im fünfzehnten Jahrhundert auf Korsika wiederfinden, in den Kastanienwäldern, bei ruppigen, aber gutherzigen Männern, besitzergreifenden und immer in Schwarz gekleideten Frauen. Ich unterlasse das also.

Sie sollen nur wissen, dass, auch wenn Nadine Demongeot, wie sie mit aufgerollten Söckchen und großer Langeweile auf ihrer Schaukel saß, den flotten Roberto Marcaggi nicht einen Hauch interessierte, dies andersherum so nicht galt. Roberto Marcaggi, der schöne dunkle Jüngling von den Spaghettifressern nebenan, hatte das Herz des kleinen Mädchens in Wallung gebracht. Sie würde ihn heiraten und er würde der Vater ihrer Kinder sein. So war es beschlossen. Sie hatte keinen Zweifel daran. Jeden Abend betete sie dafür und stellte sich selbst dumme Aufgaben (Steine verschlucken, einen Tag lang nicht mit ihrer Mutter sprechen, kurz vor dem Zug um 16.42 Uhr über die Gleise laufen), um zu beweisen, dass sie dieses verrückte Ding der Unmöglichkeit, sich von dem saisonal auf der Bildfläche erscheinenden dunklen Schönling von nebenan heiraten zu lassen, erreichen konnte. Es hieß, er sei an der Küste im Metallbereich tätig und habe es drauf. Er hieß, er verdiene gut. Aber welches Einkommen er auch immer hatte, die reine Wahrheit war, dass er eine Lederjacke, Seidenhemden und himmlisch üppige Koteletten trug.

Antoinette Demongeot, wachsam wie eine Eule, war die frühreife Verliebtheit ihrer Tochter nicht entgangen, und während sie zu Beginn von einer kindlichen Schwärmerei ausging, musste sie später mit Schrecken feststellen, dass der Spleen Bestand hatte und sich verhärtete. Die Sache, muss ich es wirklich sagen, passte ihr überhaupt nicht, sie hatte schließlich Großes mit Nadine vor und eher eine vertikale Ausdehnung der Familie Demongeot in Richtung der angesehenen Persönlichkeiten von Kayserheim im Sinn: Arzt, Zahnarzt oder zur Not Apotheker.

Wie groß war also ihr Entsetzen, als Nadine mit achtzehn Jahren, mitten im August von Roberto Marcaggi schwanger wurde. Sie schlug ihre Tochter mit einem Pantoffel, aber fand sich schließlich mit den Tatsachen ab, denn niemand zog ernsthaft in Erwägung, das Kind wegmachen zu lassen. Also heiratete Roberto Nadine, wie es Nadine im Grunde seit Ewigkeiten geplant hatte.

Als Nadine ein paar Monate darauf Mutter wurde, schlugen die Schalck-Gene durch und sie empfand für ihre Tochter, unsere Gloria, nur Gleichgültigkeit. Der Fluch der Schalck-Frauen: Sie bekommen Kinder, die ihnen gleich darauf egal sind. Was sie vage unglücklich macht; sie spüren, wie unzureichend sie die Mutterrolle erfüllen, und durch das Schuldgefühl werden sie entweder aggressiv, oder, in den falschen Momenten, demonstrativ fürsorglich und die restliche Zeit gefühllos.

Lassen wir dabei nicht außen vor, dass Antoinette Demongeots Worte eine epidemische Wirkung entfaltet haben mögen. Tatsächlich glaubte Nadine Marcaggi, geborene Demongeot, nachdem sie recht bald mit Mann und Kind an die Küste gezogen war, dass diese ganze Geschichte mit dem Heiraten und Kinderkriegen weit unter ihren Möglichkeiten lag. Dreimal in der Woche telefonierte sie mit ihrer Mutter, und für jeden der vierzigminütigen Anrufe zog sie sich mit dem schnurlosen Telefon auf den Balkon der Wohnung zurück, wo sie in vertraulichem Ton sprach, während sie flüchtige Blicke Richtung Wohnzimmer warf, als ob man sie dabei erwischen könnte, wie sie Geheimnisse ausplauderte, die die westliche Welt in Gefahr bringen konnten, die meiste Zeit aber nichts sagte, mit dem Hörer am Ohr still sitzen blieb, die Pflanzen in ihren Kübeln streichelte, während die schreckliche Antoinette ihr Gift in das hübsche, ein wenig leere Gehirn ihrer Tochter träufelte.

Roberto Marcaggis größtes Handicap war, dem Bewertungssystem seiner Schwiegermutter zufolge, sein Beruf: Er war Dreher-Fräser. Aber er hatte, gewitzt wie er war, einen fleißigen Kerl zum Partner, einen gewissen Fromental, und sie beide hatten in Vallenargues eine kleine Fabrik für Präzisionskugellager aufgebaut, die bald zu einem durchaus achtenswerten Geschäft wurde. Sie waren insbesondere für die Luft- und Raumfahrtbranche tätig und an der Entwicklung von Roboterarmen beteiligt, die im Weltall und in Operationssälen eingesetzt wurden. Antoinette Demongeot genügte das trotzdem nicht, und infolgedessen genügte es auch Nadine Marcaggi, geborene Demongeot, nicht.

Auf diese Schwäche folgte eine ganze Schar von Unzulänglichkeiten, von denen Roberto Marcaggis erbärmliche Angewohnheit, seine Sätze mit »okidoki« oder »alles paletti« zu beenden, nicht die kleinste war.

Nadine langweilte sich. Sie verbrachte viel Zeit damit, mit rasender Geschwindigkeit die Küstenstraße entlangzufahren. Ihr Mann hatte ihr ein schwarzes Käfer-Cabrio geschenkt – das erstaunlich gut zu allem passte, schwarz ist praktisch, schick und besitzt eine nahezu priesterliche Eleganz. Nadine Marcaggi setzte ihr Töchterchen hinten auf den Kindersitz – schließlich konnte sie es schlecht allein zu Hause lassen, da die Begründung für ihre Spazierfahrten war, die Kleine so an die frische Luft zu bringen. Und das stimmte sogar. Die Kleine kam so viel an die frische Luft, dass ihre Haare danach einem großen Nest aus Knoten gleichkamen, das ihre Mutter mit einem Kamm und einem geeigneten Pflegeprodukt entwirrte, während Gloria zwischen ihren Beinen saß und nur leise weinte, um ihre Mutter nicht zu verärgern und sie nicht davon abzuhalten, ihre Fernsehserie zu schauen. Doch entgegen aller Erwartung, trotz des Ziepens am Kopf, war das tägliche Kämmen ein recht angenehmer Augenblick. Denn Nadine Marcaggi war ja nun doch nicht so schlimm, sie schimpfte oft, war auf unerfindliche Weise unbefriedigt, aber ihr war klar, dass sie nicht besonders gerecht zu ihrer kleinen braven Tochter war, die ihr ständig sagte, dass sie sie liebhabe. Also gab sie das Kämmen schließlich auf, »Wir machen morgen weiter«, ließ sich auf die Couch sinken und behielt die Kleine zwischen ihren Beinen, während beide versuchten, den unvorhergesehenen Ereignissen der Krimiserie zu folgen, die Nadine Marcaggi so mochte. Da sie die Augen ihrer Tochter mit der Hand verdeckte, sobald auf dem Bildschirm eine Leiche oder jemand Gefährliches mit einer Pistole erschien, war es für die Kleine ein bruchstückhaftes, vollkommen unverständliches Spektakel. Aber ein Spektakel, das den Vorteil hatte, die Mutter zu besänftigen. Es waren süße Augenblicke für das Küken, die es gegen keine Barbie der Welt eingetauscht hätte.

Eines der Symptome von Nadine Marcaggis Unzufriedenheit war ihr Kampf gegen Gegenstände. Sobald ihr etwas aus den Händen glitt, brüllte sie los. Sobald sie etwas an einer Stelle fand, die ihr unpassend erschien (einen Nachtischteller zwischen den Suppentellern zum Beispiel), begann sie laut zu werden, aufzubrausen, loszutoben. Sie unterhielt zu Objekten eine einzigartig konfliktbeladene Beziehung: Sie beschimpfte sie, schmiss sie durch die Gegend, wohl mit der Vorstellung, dass sie nächtelang Pläne schmiedeten, wie sie ihr das Leben zur Hölle machen konnten. Wie sollte man ihre Launen nicht als Zeichen ihrer Feindseligkeit gegenüber all denen deuten, mit denen sie ihren Lebensraum teilte, oder genauer als Bestürzung darüber, dass sie ihn teilen musste.

Selbst als ihr Mann seine Anteile an der Kugellagerfabrik Marcaggi-Fromental verkaufte und ihr eine Reise auf die Seychellen schenken konnte, war Nadine Marcaggi nicht glücklich. Sie hatte keine Lust, mit ihrem Mann und ihrer Tochter auf den Seychellen zu sitzen. Sie hatte keine Lust darauf, dass ihr Mann von nun an seine Zeit mit ihr verbringen würde, da der Verkauf seiner Anteile ihm ein Leben als Müßiggänger ermöglichte, vorausgesetzt, sie reisten nicht ständig um die Welt, sondern gaben sich damit zufrieden, in Vallenargues und der Umgebung zu bleiben.

Im Übrigen hatte auch er begonnen, sich zu langweilen, oder vielleicht der täglichen Ausbrüche seiner Frau (auch wenn er es nie zugegeben hätte) und ihrer, wie er

sie nannte, »Gewitterstimmung« überdrüssig zu werden,
und verbrachte immer mehr Zeit mit Onkel Gio, seinem
Freund aus uralten Zeiten, was sage ich, seinem Cousin,
ja Bruder. Sie beschlossen, eine Bar zu eröffnen und sie
*La Traînée* zu nennen – der Name brachte sie zum Lachen.
Das war zu viel für Nadine Marcaggi. Sie haute mit ihrem
Zahnarzt ab, der Kugellager von Marcaggi-Fromental ver-
wendete und ihr mit einem Eifer die Zähne reinigte, den
jeder Ehemann, auch die weniger misstrauischen, verdächtig gefunden hätte.

Ihren Ehemann und die siebenjährige Gloria ließ sie im
Stich.

Roberto Marcaggi gab die Wohnung, in der sie als Familie
gelebt hatten, auf und zog mit seiner Tochter in die Hütte
am Meer, die er mit dem Gedanken gekauft hatte, irgendwann einen Tauchclub zu eröffnen – Roberto Marcaggi
war ein Mann mit Ideen. Er strich sie blau an und erholte
sich nie von dem Weggang seiner Frau.

13

Als sie im Juni hergekommen waren, hatte Stella sich noch
geweigert, im Kayserheimer See zu schwimmen. Er sei zu
kalt, zu grün, zu tief – hieß es doch, dass er an manchen
Stellen hundertzehn Meter tief war – und von unvorstell-
baren Kreaturen bewohnt. Aber Loulou, ein kleiner Was-
sermensch, hatte es geschafft, ihre Schwester zum Mit-
kommen zu überreden. Stella war zunächst am Rand

geblieben, das Wasser nur bis zu den Knien, die Arme über
der Brust verschränkt, betend, dass die Blutegel sie nicht
angriffen, und auch nicht ihre so unvorsichtige kleine
Schwester. Da die Sonne, die durchs Laub drang, manchmal unerträglich wurde, hatte sie schließlich nachgegeben
und ihren Oberkörper in den See getaucht. In dieser Haltung blieb sie, regungslos und angespannt, mit ernstem,
verkniffenem Gesicht, als fürchtete sie, von einem Wels in
die dunklen Tiefen gezogen zu werden.

Gloria hatte eine Bootsfahrt vorgeschlagen – mit Onkel
Gios Fischerkahn, der umgedreht am Ufer lag und mit
einer weißen, von Blättern, Eicheln, Tannennadeln und
Schimmel überzogenen Plane bedeckt war. Loulou hatte
begeistert zugestimmt, und sie hatten das Boot zu Wasser gelassen und waren unkoordiniert herumgepaddelt.
Stella hatte die Einladung ausgeschlagen und war am Ufer
geblieben, von wo aus sie ihnen regelmäßig Zeichen gab,
sichtlich besorgt, sie beide auf dem in ihren Augen eisigen,
stillen und tödlichen Graben treiben zu sehen.

Wenn Loulou nicht im See war, baute sie unter der riesigen Tanne im Garten ihren Jahrmarkt auf, struppige
Korbsessel, Laken, Seile, Puppengeschirr, handgemalte
Eintrittskarten, orthografisch eigenwillige Schilder und
strategisch auf Ästen positionierte Playmobilfiguren;
dann rief sie ihre Schwester herbei, die das alles schrecklich langweilte, und kam am Ende des Tages schließlich
zurück ins Haus, harzverklebt und das Haar voller glän-
zender Nadeln, den Duft von Zitronenmelisse verströ-
mend. Sie organisierte Tausendfüßlerkolonien, angelte
Wassermolche, testete für sie gewagte Ernährungsformen,

fing Frösche und Blindschleichen. Stella nannte sie »die Waldfrau«. Loulou war dafür zuständig, den Müllverbrennungsofen hinter dem Haus zu füttern – ein großer Bottich aus rostfreiem Stahl –, und sie kümmerte sich um ihren Gemüsegarten, wo sie Salat, Rosmarin und Kirschtomaten angepflanzt hatte. Ihre Schwester weigerte sich, etwas davon anzurühren. Stella mochte ohnehin nichts anderes als Sushi und Kebab – nicht unbedingt die Spezialität kleiner Dörfer im hinterwäldlerischen Elsass.

Gloria hatte Onkel Gio eine Postkarte geschickt. Aufgrund seines Zustands war es manchmal schwierig, mit ihm zu telefonieren (seine Form schwankte), aber sie konnte den alten Mann nicht ohne Nachricht lassen. Von Vallenargues aus hatte sie meistens Onkel Gios Nachbarin in Fontvielle angerufen, eine dicke, zuvorkommende Frau, die es mochte, sich nützlich zu machen, und sich mochte, wenn sie sich nützlich machte, und bat sie um eine neue Folge über Onkel Gios gleichförmigen Alltag. Die Nachbarin gab ausführlich Auskunft über den alten Mann, war begeistert von der Aufmerksamkeit, mit der Gloria ihren alten »Onkel« bedachte, sagte manchmal, Er ist heute in recht guter Form, Sie können ihn anrufen, und in diesem Fall wählte Glorias Onkel Gios Nummer, stellte sich vor, wie er sich mit Mühe aus seinem Sessel erhob, in den Eingangsflur des kleinen Hauses ging, den Hörer des Telefons abnahm (ein Bakelitapparat mit Samtborte auf der Kommode, ein hässliches, khakifarbenes, prähistorisches, eigenwilliges Teil), und sie wusste, dass er lächelte, sobald er hörte, dass Gloria dran war, er gab nun nicht mehr vor, keine besonders starke Bindung zu ihr zu haben, für

Schamhaftigkeit war es zu spät, er sagte ein paar Wörter, nicht immer in der richtigen Reihenfolge, fragte nach den Mädchen (»Mädchen?«, fragte er) und Gloria sprach mit ihm in dem Wissen, wie gut ihre Stimme dem Ohr des alten Freundes ihres Vaters tat.

Sie hatte Lust, ihn anzurufen. Es war Mitte August, es regnete. Gloria saß auf der Vortreppe, las die Zeitung vom Vortag und schaute von Zeit zu Zeit zu den Tannen am Rande des Gartens, sie waren schwarz, erstarrt in der Haltung von Büßern, ihre Zweige neigten sich unter dem Gewicht des Wassers nach unten, die Erde roch kräftig, ein Geruch von Algen, Fisch und Keller lag in der Luft, ein Geruch nach Aal. Sie stand auf, ging nach oben, um zu schauen, was die Mädchen trieben, Stella lag in ihrem Zimmer auf dem Bett, mit dem Kopfhörer über den Ohren in ein Buch vertieft, und Loulou baute am Fuß des Bettes ihrer Schwester einen wackeligen Turm aus Kapla-Bausteinen. Gloria ging wieder runter, setzte sich an den Küchentisch und rief Onkel Gio an – Gloria telefonierte sonst im Stehen, lief hin und her, aber bei Onkel Gio war es etwas anderes, sie musste sich anstrengen, um ihn zu verstehen; sie setzte sich also konzentriert hin, die Ellenbogen auf die Wachstuchdecke gestützt, die Füße fest am Boden.

Das Telefon im Eingangsflur des Hauses in Fontvieille klingelte, aber niemand nahm ab.

Onkel Gio war vielleicht gerade duschen – das konnte er zu jeder beliebigen Tageszeit, so warm war es dort – oder er war mit seinen Spieluhren beschäftigt und wollte nicht gestört werden oder er war ausnahmsweise rausgegangen, um eine Runde im Dorf zu drehen und sich die Beine zu vertreten. Aber trotz all dieser Möglichkeiten machte Gloria sich Sorgen. Sie legte auf und das Telefon vor sich auf den Tisch, betrachtete es, als ob es ihr den Grund für Onkel Gios Abwesenheit nennen könnte, und rief dann die Nachbarin an.

»Ach, Mademoiselle Gloria, ich freue mich, von Ihnen zu hören. Es ist so lange her. Ich dachte, dass Sie bestimmt Ihren Onkel direkt anrufen. Und dann habe ich versucht, Sie zu erreichen, aber Ihre Nummer funktioniert nicht mehr. Ich hätte mir das sonst nicht erlaubt, aber ich mache mir eben Gedanken, da ich Ihren Onkel jetzt seit drei Tagen nicht mehr gesehen habe, ich komme gerade von drüben, ich hab geklopft und geklopft, aber nichts, ich habe ans Fenster geklopft, das sonst immer offen steht, aber dieses Mal nicht, und wieder nichts. Dann bin ich wieder zu mir nach Hause, und es ist immer recht anstrengend, die Stufen zur Haustür hochzugehen, man wird nicht jünger, das ist wegen meinem Knie, ich hatte beim Hochgehen viel Zeit zum Überlegen, also dachte ich, dass ich seine Nichte erreichen muss, ich mach mir ein bisschen Sorgen. Obwohl Sie mir sagen werden, dass Sie dort, wo Sie sind, nicht viel machen können. Aber vielleicht könnten Sie rasch herfahren und nachschauen, so weit ist Vallenargues ja nicht weg. Und mich würde es beruhigen. Denn seit Ihr Onkel Besuch von seinem Freund aus Seine-Maritime hatte, nun ja, habe ich ihn nicht mehr gesehen.«

Als Gloria das hörte, begann ihr Puls schneller zu schlagen, ihr Herz machte einen Satz, kehrte dann aber brav in seinen Käfig zurück, wo es weiter schnell und heftig

schlug, und sie fragte (nachdem sie sich von dem Watte-
bausch befreit hatte, der ihr im Hals hing, diese kleinen
Dinger, bei denen man Angst hat, dass sie die Kinder verschlucken):

»Welcher Freund?«

»Also, das weiß ich nicht. Aber ich habe das Auto vor dem
Haus Ihres Onkels halten sehen. Und ich weiß, dass er es
nicht erträgt, wenn Autos bei ihm parken, weil sie ihm die
Sicht versperren, also dachte ich, na bravo, sie werden ihn
nur wieder aufregen, meinen netten Nachbarn, aber nein,
der Herr ging zur Tür und klopfte und Ihr Onkel öffnete
ihm, sie haben sich die Hand geschüttelt, aber nicht so,
wie man die Hand vom Postboten schüttelt, nun, ich weiß
nicht, ob man dem Postboten die Hand gibt, ich kenne
meine Postbotin so gut, dass wir uns mit Wangenküss-
chen begrüßen, nun, wie auch immer, der Herr hat Ihrem
Onkel die Hand auf die Schulter gelegt, eine Geste der
Zuneigung, so wie man sagt: Ich hab dich ja seit Ewigkeiten nicht gesehen, aber nun besuche ich dich, und Ihr
Onkel hat ihn reingelassen. Das war für mich eine Erleichterung, also bin ich zu meinen Bohnen zurück, die ich
gerade geputzt habe.«

Sie verstummte, außer Atem, und fügte dann hinzu:

»Es ist Bohnenzeit.«

In Glorias Kopf sagte eine kleine Stimme immer wieder
Oh nein oh nein oh nein. Und dann sprach die kleine
Stimme so ruhig wie möglich mit der Nachbarin:

»Haben Sie vielleicht den Schlüssel?«

»Aber nein. Ihr Onkel ist nicht der Typ, der irgendjemandem seinen Schlüssel gibt.«

»Ich glaube, dass er im Haus ist.«

»Nein nein nein, ich glaube, dass er am Ende mit seinem Freund aus Seine-Maritime weggefahren ist.«

»Haben Sie sie zusammen wegfahren sehen?«

»Nun ja, nein.«

»Können Sie bitte die Feuerwehr rufen?«

»Das würde mich überraschen, wenn sie käme. Bei all den Bränden in der Gegend haben sie anderes zu tun, als sich um unseren Kleinkram zu kümmern.«

»Jemand muss nachsehen, ob er im Haus ist. Er braucht vielleicht Hilfe.«

»Na gut, ich werde es versuchen, aber ich kann nichts versprechen. Und dann rufe ich Sie zurück. Geben Sie mir Ihre Nummer...«

»Nein, ich rufe Sie in einer halben Stunde wieder an. Ich habe hier schlechten Empfang, ich muss mich am Ende des Gartens auf ein Bein stellen, um telefonieren zu können.«

»Ach? Sie sind nicht in Vallenargues?«

»Bis gleich. Ich zähle auf Sie.«

Gloria legte auf. Sie blieb an der Haustür stehen, starrte auf den Vorhang des formvollendet senkrecht fallenden Regens, der alles lähmte und überschwemmte, und um auf keinen Fall daran zu denken, was in Fontvieille zwischen Onkel Gio und seinem Besucher vorgefallen sein könnte, stellte sie sich vor, wie der Fluss über die Ufer trat, wie der See anschwoll und das Wasser sich zwischen den Tannen seinen Weg bahnte, die Landschaft flutete, das Haus von seinem Sockel riss und es zur Straße trieb. Es war eine tröstliche Vorstellung, die sie oft als Kind hatte.

Das Kayserheimer Haus, das von der Flut davongetragen wird, ein Nomadenhaus, dessen Wanderschaft die Sicherheit seiner Bewohner gewährleistet und ihnen ermöglicht, über alle Meere um die Welt zu reisen.

Stellas schriller Schrei riss sie aus ihrem Traum.

»Mama!«

Gloria rannte so schnell wie möglich die Treppe hoch. Sie stieß die Tür zu Stellas Zimmer auf, wo diese neben ihrer kleinen Schwester hockte, die ausgestreckt auf dem Boden lag, benommen und mit aufgerissenen Augen.

»Sie ist ohnmächtig geworden und hat sich vollgepinkelt«, rief Stella mit schriller Stimme. »Sie war ganz ruhig am Spielen, dann hat sie plötzlich aufgeschrien und ich habe nachgeschaut, was los ist, und sie war kreidebleich, sah aus wie eine Wahnsinnige, hat den Schrank angestarrt und ist umgekippt.« Stella holte Luft. »Und dann hat sie Pipi auf den Teppich gemacht.«

Gloria nahm Loulou in die Arme. Sie kannte diese Art von Kollaps, da sie selbst als Kind darunter gelitten hatte. Eine Dysfunktion des vasovagalen Systems und eine Ohnmacht, die dazu diente, Angst zu vermeiden oder sich dem Schmerz zu entziehen.

Nur dass das Spielen mit Bauklötzen am Bettende ihrer Schwester an einem Regentag nichts Erschreckendes an sich hatte.

»Alles in Ordnung, Loulou?«, fragte Gloria sanft.

»Da war eine Frau«, flüsterte die Kleine.

Sie deutete auf den Schrank. »Genau da.«

Gloria warf Stella einen Blick zu, als ob diese ihr das bestätigen könnte, Stella aber schüttelte den Kopf und zuckte mit den Schultern, was unmissverständlich ihr Unverständnis zum Ausdruck brachte und klarstellte: Nein, da war keine Frau vor dem Schrank.

»Sie war sehr alt und ganz orange.«

Gloria spürte, wie sich ihr eigener Körper verspannte, Oh nein, nicht auch das noch.

Gloria gehörte zu der Sorte Mensch, die es nicht für ausgeschlossen hielt, dass der Geist ihrer Großmutter zurückgekommen war, um im Kayserheimer Haus zu spuken – oder es nie verlassen hatte.

Als sich alle beruhigt hatten – die Mädchen saßen am Küchentisch, um Kakao zu trinken, kalt die eine, heiß die andere, und Madeleines zu essen, Loulou erzählte erneut, was sie gesehen hatte (»eine alte orangene Frau mit gelben Haaren und so vielen Falten, dass sie aussah wie ein Zombie«), und Stella fand ihren jugendlichen Stoizismus wieder (»Ja klar, und hast du zufällig auch das Klo-Gespenst heute morgen gesehen?«), machte Witze, wie sie es immer tat, wenn sie ihre kleine Schwester zum Lachen bringen wollte, der auch gleich der Kakao aus der Nase schoss –, nahm Gloria das Telefon, um Onkel Gios Nachbarin anzurufen. Aus der angesetzten halbe Stunde war eine ganze geworden. Eine gute Stunde, warf ihr die Nachbarin vor, nachdem sie abgehoben hatte, und sie begann in Hochgeschwindigkeit und genüsslich (der Blitz war so knapp neben ihr eingeschlagen) zu erzählen, was die Feuerwehr in Onkel Gios Haus vorgefunden hatte.

Onkel Gio saß in seinem Schaukelstuhl im Wohnzimmer, erdrosselt von einem Draht.

»Sie wissen schon, einer dieser Drähte, mit denen er die Spieluhren reparierte. Zum Glück hat man ihm einen gespaltenen Schädel erspart und sich damit begnügt, in seiner Werkzeugkiste zu kramen und ihn dann sauber und effizient zu erwürgen. Und wenn ich sage ›man‹, weiß ich, wie ich es meine.«

Da Onkel Gio immer noch nicht auf ihr Klingeln reagiert hatte, hatte die Nachbarin schließlich die Feuerwehr gerufen, die eine Viertelstunde später eingetroffen war. Sie hatten die Tür zertrümmert, und einer der Männer hatte den bestialischen Gestank bemerkt, der aus dem kleinen Fenster des Badezimmers im hinteren Teil des Hauses drang. Während sie auf die Polizei warteten, hatten sie die Nachbarin nicht zu Onkel Gios Leichnam gelassen, aber es war ihr trotz ihres beeindruckenden Körperumfangs gelungen, sich vorbeizuschleichen, und sie war sich sicher, was sie gesehen hatte.

»Ihr armer alter Onkel war ganz blau, ein Haufen Fliegen schwirrte bereits um ihn herum, es herrschen tagsüber schließlich fast vierzig Grad und nachts wird es auch nicht besonders kühl.«

Kurze Pause.

»Heute Nacht waren es noch vierundzwanzig.«

Gloria, die ihre Wolljacke enger um sich zog oder sich vielmehr selbst umarmte, saß auf der Vortreppe und verging vor Kälte und plötzlich vor Angst, sie dachte, der Waffenstillstand ist gebrochen, während die Nachbarin ausführte, was zu tun sei – sie hatte den Mörder gesehen, oder nicht? Ein so merkwürdiger Suizid sei unvorstellbar, oder nicht? Das sei wider jegliche Wahrscheinlichkeit, also stehe fest, es könne nur dieser Mann gewesen sein, der drei Tage zuvor aufgetaucht sei, Onkel Gio habe sonst nie Besuch und es sei niemand aus dem Ort, reden wir nicht drumherum, das führe zu dem Mann von vor drei Tagen, den sie gleich verdächtig gefunden habe, sie habe ihn nicht von vorn gesehen, aber das sehe man an der Haltung, an der Art zu gehen, ob Gloria ihn übrigens kenne? An den Wagen könne sie sich erinnern, aber kaum an den Mann, abgesehen von dessen Art zu gehen, er habe leicht gehinkt, aber da sei sie sich nicht mal mehr sicher, der Wagen sei blau gewesen, zugelassen in Seine-Maritime, da sei sie sich sicher (bei der Zulassung), aber Gloria hörte nicht mehr zu, wie sollte sie dieser Frau auch erklären, dass man, wenn man mit einem alten Kumpan eine Rechnung begleicht, nicht sein eigenes Auto nimmt, außer man ist vollkommen blöd, was auf Pietro Santini noch nie zugetroffen hatte.

**II**

**Die Wachsame**

## 14

Das Leben mit Samuel war so angenehm, dass Gloria sich fragte, ob das normal war. Was das Leben als Paar betraf, hatte sie als Vorbild nur ihre Eltern, und die waren ein so unausgewogenes Duo, dass sie sie als Maßstab besser vergaß.

Bis sie achtzehn Jahre alt war, arbeitete sie weiter als Kellnerin in der Bar, weil sie an Onkel Gio hing und gerne einen geregelten Tagesablauf hatte, und auch, weil sie sich gern Jessicas Klagen und somit den Frauen anschloss, die sich immer beschweren, dass ihr Chef zu streng oder, wenn er nett ist, ein bisschen zu lasch ist. Als sie achtzehn wurde, hörte sie auf. Aber so weit sind wir noch nicht. Sie mochte die Sperrstunde am Samstag, den Moment, wenn sie es geschafft hatten, auch den letzten Säufer, gestützt von seinen Freunden, hinauszuwerfen, es ist dann drei Uhr morgens, so um den Dreh, das Klientel ist samstags ganz anders, der Stammgast räumt um halb zehn das Feld für die Jüngeren und Lauteren, aber jetzt ist die Bar leer, der Trubel der letzten Stunden hallt noch nach, bildet eine ohrenbetäubende Blase, die zwischen den Wänden hin- und herspringt, es muss geputzt werden, es sieht aus wie nach einer Party, alles ist verdreckt und stinkt, sie reden zu laut miteinander, von einem Ende des Raums zum anderen, Jessica serviert Raj und Gloria hübsche und tödlich süße Cocktails, jeder packt mit an, samstags ist auch der Rausschmeißer Mourad mit dabei, er ist schwarz gekleidet, zwei Meter groß, wiegt bestimmt drei Zentner (aber er ziert sich, keiner erhält eine genaue Auskunft) und macht Kung-Fu, das ist sein Beruf (aufrecht stehen und Raum einnehmen), er ist nett, kann aber wie jeder andere sehr unangenehm werden, wenn man ihn ein wenig ärgert. Was die betrunkenen Schwachköpfe nicht ausprobieren sollten. Gloria hatte das Schichtende immer gemocht, die Erschöpfung und die Schmerzen, die Scherze und die Kameradschaft, was sie jedoch am liebsten tat, war nach Hause gehen, in die Hütte am Strand. Bevor Samuel in ihr Leben trat, steigerten die Abende in der Bar für Gloria den vollkommenen Genuss des Alleinseins nur noch. Sie sah sich Onkel Gio gegenüber nicht als die Unterlegene, wobei die mangelnde Ergebenheit, so überlegte sie, wohl daher rührte, dass ihr Vater die Bar mitbegründet und sie als kleines Mädchen auf Onkel Gios Schoß gesessen hatte – auch wenn er sie jetzt streng behandelte, ohne je zu lächeln. Wenn man genau hinschaut, wird man feststellen, dass Glorias Weigerung, sich von irgendjemandem abhängig zu machen, mit ihrer Entscheidung nach dem Tod ihres Vaters zu tun hat, sich an nichts und niemanden mehr zu binden.

Der schöne Samuel war die Ausnahme von der Regel.

Samuel hatte Augen aus Pelz (oder aus einem anderen besonders weichen, samtigen Material, in das man schnurrend seine Hände krallen will), er war Schwarzhändler (was, wenn man siebzehn und quasi Waise ist, einen gewissen Charme hat), hatte bereits viele hübsche Mädchen erobert (und war weder reif noch stilvoll genug, um nicht damit zu prahlen), und sie konnte es immer noch nicht fassen, dass sie diejenige war, die er so über alle Maßen liebte.

Samuel zog die Blicke auf sich. Zunächst die der jungen Mädchen, dann der reifen Frauen mit den stark nach Sattelkammer riechenden Ledertaschen und den voluminös geföhnten und künstlich verwuschelten Haaren (die Farbe makellos und die Form eines japanischen Stück Gebäcks, elegant und unverwüstlich), die deutsche SUV fahren und müde (»Überrasch mich«) durch die getönte Windschutzscheibe schauen. Wenn ein junger Kerl wie Samuel in ihr Blickfeld gerät, sind sie ganz aufgewühlt, sind zugleich Mutter, Schwester und Geliebte. Sie werden sich auf einmal ihrer eigenen Vergänglichkeit bewusst, und diese Eingebung ist zugleich Gift und Genuss. Auch die meisten Männer konnten sich Samuels Charme nicht entziehen. Sobald er das Wort ergriff, nickten sie anerkennend mit geschürzter Lippe und sahen ihn nicht einmal als Konkurrenz. Sie fühlten sich wohl, wurden ganz zutraulich. Samuel war ein derart liebenswürdiges Tier.

Gloria ihrerseits war, als sie Samuel begegnete, eine Person voller Widersprüche. Auch wenn sie eigensinnig war und stets bereit, sich mit anderen zu messen, hatte sie doch wegen ihres Körpers Komplexe und fühlte sich hässlich und klein und dick wie ein Großteil der Mädchen auf dem Planeten. Das war eine ihrer Schwachstellen, die anfällig waren für den sozialen Druck – der den jungen Leuten einbläut, sie müssten aussehen wie Werbeplakate auf zwei Beinen, vor allem die Mädchen, die das von Männern festgesetzte Verfallsdatum akzeptieren. Jemand wie Samuel, mit seiner tröstlichen und schelmischen Art, brachte die Dinge durch seine Gegenwart wieder ins Lot, dichtete die Risse ab und stärkte das, was sich bei Gloria noch im Werden befand.

Am Anfang war alles sexuell. Gloria und Samuel schlie-
fen ständig miteinander, zu jedem Zeitpunkt im Monat,
der Andere war eine Wiederentdeckung, der Blinddarm,
der einem entfernt wurde, als man noch ganz klein war,
der verlorene Zwilling, den man dank des Schicksals – wer
glaubt schon an Glück? – auf seinem Weg wiederfindet. So
wird man wieder ein Doppelwesen, ein siamesisches Tier,
das auf gewisse Weise die ganze Zeit mit sich selbst kopu-
liert. Es folgten Monate blinder Leidenschaft und jugendlichen Hochmuts – sie waren beide überzeugt, etwas völlig Neues zu erfinden, das vor ihnen nie jemand, und erst
recht nicht ihre Eltern, erlebt hatte. Wenn Samuel mit ihr
schlief, genussvoll und auf angenehme Weise erfinderisch,
kam Gloria, sie hätte nicht sagen können warum, der
Gedanke an ein sonnendurchflutetes Häuschen. Gloria
stand morgens auf und ließ ihren Liebsten in dem Zimmer
mit dem Zoogeruch weiterschlafen, kochte Kaffee in der
winzigen Küche der Strandhütte, wartete reglos ab, bis die
Maschine ihre Arbeit getan hatte, trank eine Tasse im Stehen, schaute durch die offene Tür aufs Meer und lächelte
wie eine schmachtende Studentin, die auf dem Campus
oder in einer winzigen Dachwohnung Sex, Liebe und Drogen für sich entdeckt, noch ein Dreiviertel ihres Lebens
vor sich hat und all diese Versprechungen – die sie auf-
liest wie hübsche Kiesel – unglaublich aufregend findet.
Dann kehrte sie für einen Kuss zu ihrem Liebsten zurück,
der versuchte, sie an sich zu ziehen, doch sie sagte zu ihm,
Schlaf wieder ein, schlaf wieder ein, und er schlief wieder
ein, quer in dem Bett, das Roberto Marcaggi gehört hatte,
bevor es Glorias Bett wurde, und dann das von Gloria und

Samuel. Sie fuhr mit der Vespa zur Bar, in dem Wissen, dass ihr Gesicht, da war kein Irrtum möglich, das eines in Liebe entflammten Mädchens war, eines Mädchens, das die ganze Nacht gefickt hatte; sie hatte Samuels Geruch an sich und ihren eigenen, den gleichen, nur schwächer, und die Männer witterten das, blieben am Tresen, wenn sie dahinter stand und hielten ein Schwätzchen mit ihr, und Jessica sah sie kopfschüttelnd an, sagte zu ihr, Du hast vielleicht eine Energie heute Morgen, du musst mir das Rezept geben, und Gloria ging ihr zur Hand, steckte sie gern mit ihrem Elan an und schwor sich, herrlich fiebrig und großmütig, nie so zu werden wie Jessica, schwor es sich im Grunde nicht einmal, war vielmehr ganz und gar überzeugt davon, weil das zwischen Samuel und ihr so etwas *Besonderes* war.

Samuel bemerkte noch vor ihr, dass sie schwanger war. Was er über diese Dinge wusste, war einer schmerzhaften Erfahrung als Fünfzehnjähriger zuzuschreiben. Seine damalige Freundin war schwanger geworden, er hatte zugesehen, wie sie sich verwandelte - eine Verwandlung, die für das bloße Auge zunächst unsichtbar, aber deutlich spürbar war -, bis ihre beiden Eltern die Sache in die Hand nahmen, sie ausschimpften und die heulende Kleine in Begleitung ihrer wütenden Mutter zur Familienberatung in die große Stadt schickten.

Geblieben war nur die traurige Erinnerung. Er hatte sich so erbärmlich, so hilflos gefühlt.

Kurz danach war er bei seinen Eltern ausgezogen.

Dagegen war die Bestätigung, dass Gloria schwanger war, ein wundervoller Moment in ihrer Geschichte. Sie, elektrisiert, aber besorgt angesichts des großen Unbekannten, und er, vertrauensvoll strahlend, der lediglich sagte, Ich muss wirklich anfangen zu arbeiten, wenn wir bald zu dritt sind.

Glorias Befürchtungen, Ich weiß nicht, wie man sich um Kinder kümmert, was essen sie, werden sie mit Haaren geboren? Mit Zähnen?, reduzierten sich bald (da diese Fragen sachliche Antworten forderten, die man ohne größere Schwierigkeiten finden konnte) auf Fragen anderer Art, die sie dafür umso hartnäckiger verfolgten: Was für eine Mutter werde ich sein? Werde ich dem verhängnisvollen Heer schlechter Mütter entkommen?

## 15

Gloria fragte sich, ob die Nachricht von Onkel Gios Tod und der Gedanke an dessen Ursache schmerzhaft waren. Oder vielmehr, auf welche Weise sie schmerzten. Sie hatten zu Abend gegessen, die Mädchen spielten in der Küche Karten, Loulou kreischte und Stella hatte eine undurchdringliche Miene aufgesetzt, mit der sie unglaublich cool wirkte. Sie hatte die beneidenswerte Fähigkeit, unter allen Umständen gelangweilt auszusehen. Gloria hatte ihnen nichts gesagt. Die Geschichte mit dem orangefarbenen Geist war genug für einen Tag.

»Ich geh duschen«, hatte sie nach dem Abwasch verkündet. Keine der beiden antwortete ihr. Unter der Dusche versuchte sie, ihren eigenen Kummer einzuschätzen. Sie hatte das Gefühl, allen verfügbaren Kummer bereits verbraucht zu haben. Sie war überzeugt, eine unerschöpfliche Quelle der Liebe zu sein (hätte der Zufall gewollt, dass sie zwölf Kinder hätte, sie hätte sie alle mit der gleichen Inbrunst geliebt, dessen war sie sich nun sicher), aber der Kummer in ihr war mit Samuels Tod ausgetrocknet. Sie musste an einen staubigen Erdboden mit Tausenden Rissen denken, an eine brasilianische Wüste. An Nordeste. Sie ließ das zugleich kalte und heiße Wasser über ihren Körper fließen – es war, als gäbe es keinen Mischer in diesem Haus, nur kalte und heiße Tropfen, die zusammen die ungefähre Wirkung von lauer Wärme entfalteten. Vielleicht lebte sie nun in einem Dämmerzustand, der keinen intensiven Kummer zuließ. Mutter zu sein gab ihr das Gefühl, Teil von etwas *Größerem* zu sein, Teil einer zugleich starren und kribbeligen Menge. Wie ein See, den die kleinste Woge erschauern lässt, so dass er bis ans Ufer Falten wirft. Sie wusch sich das Haar. Jede Bewegung beruhigte sie und hinterließ ein Gefühl willkommener Leere. Fühlte sie sich nun noch stärker allein? Sicher nicht. Onkel Gio war so etwas wie ein Ersatzvater gewesen, der allem und jedem misstraute. Außer Gloria. Sie hatte stets versucht, seine Neigung, überall Verschwörungen zu sehen, von sich fernzuhalten; sie musste lächeln bei der Erinnerung an eine der zahlreichen dämlichen Theorien von Onkel Gio: Dass die Steuer auf Zigaretten auf Korsika niedriger war als auf dem französischen Festland, sei eine Strategie des Staates, um die unliebsamen Insulaner diskret loszuwerden.

Aber er hatte recht, schloss sie, als sie sich abtrocknete, die

Gefahr war tatsächlich von außen gekommen, und trotz
aller Vorsicht hatte er ihr selbst die Tür geöffnet.

16

Was zu der Entscheidung führte, die Polizei anzurufen, war
der Moment, als sie mitten in der Nacht aufschreckte, sich
im Bett aufsetzte und fluchte, weil sie sich an die Postkarte
erinnerte, die sie Onkel Gio geschickt hatte – warum nur
hatte sie das getan? Der Automatismus des kleinen Mädchens von früher, das die Langeweile vertrieb, indem es vom
Ferienort Postkarten verschickte? Ein Beruhigungsmittel
aus Glanzpapier für Onkel Gio, um ihn wissen zu lassen,
dass das Kayserheimer Haus, das er so liebte, den Sommer
über bewohnt war? –, eine Postkarte also, die er sorgfältig
aufbewahrt hatte – man wirft keine Postkarte weg, die man
gerade erst erhalten hat, wer macht so was schon? – und
sie vielleicht sogar über dem Telefon an die Wand gepinnt
hatte, um, während sie sprachen, den Wald, den See und die
beiden sich gegenüberstehenden Kirchtürme zu betrachten.

17

Als sie an die Tür von Onkel Gios Büro klopfte, um ihm
mitzuteilen, dass sie schwanger war, ließ er sie eintreten,
setzte sich in seinen Sessel, während er sie stehen ließ wie

eine Büßerin, hörte sich an, was sie zu sagen hatte, schaute ihr in die Augen und fragte:

»Von diesem Schwachkopf?«

In Gloria stieg berechtigte Wut auf.

»Ich informiere dich nur, weil du mein Arbeitgeber bist und du dich darauf einstellen musst.«

»Du musst dich auch darauf einstellen.«

Er fügte nichts weiter hinzu, komplementierte sie mit einer Geste hinaus, und sie wusste nicht, ob er darauf anspielte, dass er sie nach der Geburt des Kindes nicht wieder beschäftigen würde, oder auf etwas Existenzielleres, die Schwierigkeiten, die sie haben würde, sich an das Leben als Mutter zu gewöhnen oder Samuel zu ertragen, der dann Vater wäre.

Von da an redeten sie nicht mehr miteinander. Wenn Onkel Gio in der Bar saß, um die Abrechnung zu machen oder Prospekte von Auktionshäusern durchzusehen und wollte, dass Gloria, die zwei Meter neben ihm verträumt die Tische abwischte, ihm einen Kaffee machte, brüllte er:

»Jessica, sag Gloria, sie soll mir einen Kaffee bringen.«

Und diese brachte ihn ohne ein Wort, ohne einen Blick, aber auch ganz ohne schroff zu sein, mit so viel Würde und Verachtung wie möglich.

Jessica zuckte mit den Schultern und sagte zu Gloria, Er ist eifersüchtig. Aber Gloria mochte so etwas nicht hören. Eifersüchtig hätte bedeutet, dass Onkel Gio gerne der Vater ihres Kindes gewesen wäre, und das war so undenkbar und komisch und widerlich, dass sie ihre Kollegin erschrocken anschaute. Jessica schüttelte den Kopf und fügte hinzu, Nicht so, wie du denkst. Er ist nur ein alter

Mann, der sich für deinen Vater hält. Im Grunde ist er kein schlechter Mensch.

Ihren achtzehnten Geburtstag feierten Samuel und sie vor der blauen Strandhütte. Es war April. Er hatte eine Decke, zwei Flaschen Champagner und einen Strauß Rosen in pulsierendem, leuchtendem Rot mitgebracht, abnormal große Rosen in einem künstlichen Rot. Als er ihre Überraschung beim Anblick dieser Ungetüme bemerkte, sagte er, »die Magie der Chemie«, und öffnete die erste Flasche; an Gläser hatte er nicht gedacht, also tranken sie, während sie sich tief in die Augen schauten, den Champagner direkt aus der Flasche, im schwindelerregenden Duft des Meeres an Frühlingsabenden, und als er die zweite köpfte, äußerte Gloria angesichts ihres Zustands Bedenken (Samuel nannte ihn »deinen interessanten Zustand«), aber er fegte sie mit einer Geste hinweg, erklärte, »Ich habe etwas für dich«, drehte, nachdem er zwei große Schlucke getrunken hatte, die Flasche im Sand fest und versuchte, etwas in einer seiner tausend Hosentaschen zu finden – ein Vorgang, der mehrere Minuten in Anspruch nahm, während er wie besessen seine Oberschenkel abtastete, um herauszufinden, in welcher verdammten Tasche sich das befand, was er hineingetan hatte. Er stand und Gloria saß auf der Decke, fast war es Nacht, aber das Licht in der Hütte war eingeschaltet und es war Vollmond, sie sah ihn über sich leicht schwanken, wie jemanden, der so unvernünftig war, stehen zu bleiben, obwohl er sehr sehr müde war, aber sie wusste, dass diese Instabilität nichts mit Müdigkeit zu tun hatte; meistens begann Samuel schon am frühen Nachmittag zu trinken, auch wenn er sich rühmte, nie vor siebzehn Uhr anzufan-

gen und nie nachts aufzustehen zum Trinken, und Gloria,
die davon nicht viel Ahnung hatte oder bei diesen Dingen
zumindest nicht besonders hellsichtig war, ließ ihn erzählen und machen, dachte nur, wenn ein wenig Sorge in ihr
aufkam, Ja, aber er steht nachts nicht auf zum Trinken; sie
erinnerte sich gut daran, dass Onkel Gio sie vor Samuels
Alkoholismus gewarnt hatte, aber Onkel Gio warnte einen
vor ungefähr allem, von der Briefmarke, die man ableckte,
bis zum gefährlichen Sonnenbrand, der auch an bedeckten
Tagen droht, also sah sie weiter zu, wie er schwankte, fand
ihn einfach nur schön und freute sich, sein Kind im Bauch
zu tragen (er wollte ein Mädchen, damit es ihr ähnelte, sie
selbst hatte keine Meinung, obwohl es ihr so vorkam, als sei
es ein wenig widernatürlich, mit einem Jungen schwanger
zu sein, und somit ein Paar Hoden im Bauch zu tragen).
Endlich fand er das Gesuchte, streckte siegreich die Hand
in die Luft, machte ein kleines, unsicheres Tänzchen und
hielt ihr die Schatulle hin, die so aussah, als wäre sie nass
geworden (eine weiß marmorierte, ein wenig wellige Oberfläche); sie öffnete sie, während sie ihn ansah und nicht die
Schatulle, und nahm ein mit Diamanten besetztes Armband heraus – wenn sie gefälscht waren, dann waren sie perfekt gefälscht – , fragte: »Woher hast du das?«, und da dies
nicht die erwartete Reaktion war, antwortete er: »Das muss
dich nicht kümmern, Darling«, bedrohlich zu ihr herun-
tergebeugt. Also kümmerte sie sich nicht darum, legte sich
hin, den Kopf auf den kalten Sand, ließ das Armband im
Mondlicht schimmern (und im Licht der 230-Volt-Birne der
Hütte). Und er legte sich neben sie.

Am Tag nach ihrem Geburtstag rief sie, wie ihr Vater es ihr geraten hatte, Pietro Santini an. Eine Sekretärin notierte ihren Namen, setzte sie in die Warteschleife, Gloria stand auf der kleinen Vortreppe der Hütte, Samuel schlief noch; sie bereute, am Vorabend so viel getrunken zu haben, denn sie wusste genau, dass es nicht gut für das Baby war, auch wenn sie oft auf Samuels Halbweisheiten vertraute. Nervös spielte sie mit der Visitenkarte des Anwalts zwischen ihren Fingern, und während sie wartete, fixierte sie den Strauß roter Rosen, der in einer Vase auf der Fensterbank bereits am Verblühen war (was für eine seltsame Idee, Rosen zu erfinden, die innerhalb eines Tages verblühen), die Blütenblätter begannen abzufallen, lagen auf der Erde verstreut wie blutige Federn, Federn eines kleinen Vogels, der von einer Katze zerfetzt worden war. Die Stimme der Sekretärin holte sie zurück in die Wirklichkeit: »Ich stelle Sie durch.« Gloria fühlte, wie etwas ihre Kehle blockierte, das Gewölle einer Schleiereule, das nicht mehr herauswollte. Sie nutzte die winzige Wartezeit, die die Sekretärin ihr auferlegte, um sich zu räuspern. Dann sagte eine Männerstimme »Santini«, so entschieden, als wollte sie ein Kind dazu auffordern, an der Straße stehenzubleiben oder deutlich zu verstehen geben, dass anderswo dringende Geschäfte warteten. Sie war nicht daran gewöhnt, dass Leute am Telefon zur Begrüßung ihren Namen nannten, und kam durcheinander. Nannte sie jemand Santini? Sie fand den Faden wieder und stellte sich erneut vor, woraufhin der andere rief »Die Tochter meines guten Freundes Marcaggi«. Gloria stellte sich die Frage, ob sie Pietro Santini bei der Beerdigung ihres Vaters begegnet war, und stellte sie auch ihrem Gesprächspartner, doch Santini entgegnete, keineswegs verlegen: »Oh nein, ich war nicht in der Gegend.« Dann sagte er, dass er wisse, warum sie anrufe, dass er sie wieder zu seiner Sekretärin durchstellen werde, um einen Termin zu vereinbaren, er aber vorher UNBEDINGT wissen müsse, wie es ihr gehe und was aus ihr geworden sei, betonte, dass er sie gesehen habe, als sie noch ganz klein gewesen sei, dass sie sich sehr verändert haben müsse, er sie nicht wiedererkennen würde, und plötzlich redete Pietro Santini so, wie man auf Korsika mit den verlorenen Kindern spricht, die alle drei Jahre auf die Insel zurückkehren, auffällige Rollkoffer hinter sich herziehend.

Als sie auflegte, war sie durch und durch beruhigt, er hatte sie in ein kleinmaschiges Netz aus verbindlichen Worten gewickelt, und da wir eine ungefähre Idee davon haben, als welche Art von Mann sich Pietro Santini entpuppen wird, würden wir die junge Gloria gerne warnen, aber was erwarten Sie, sie war gerade achtzehn geworden und hatte nur sehr wenig Erfahrung, sie hatte den Dreh noch nicht raus. Als sie Santini in seiner Kanzlei besuchte, war sie beeindruckt von diesem Mann, der so zuvorkommend war und alles im Griff zu haben schien, und sie war ihm dankbar für die Details, die er ihr über das Leben ihrer Eltern verriet – er war ihr Scheidungsanwalt gewesen, erklärte er, sie dagegen hatte nicht einmal gewusst, dass ihre Eltern sich am Ende hatten scheiden lassen.

Santinis Büro befand sich in Nizza, sie hatte die Vespa genommen. Samuel hatte angeboten, sie zu begleiten, aber sie hatte abgelehnt. Was Onkel Gio anging, der immer geglaubt hatte, dass sie ihn an dem Tag brauchen würde, so würde es ihn verletzen zu erfahren, dass sie allein hingefahren war. Aber jeder hatte zu verstehen, dass die Sache ausschließlich sie und den Anwalt ihres Vaters betraf – durch den sie die Stimme ihres Vaters selbst vernehmen würde.

Die Kanzlei war in einer alten und ehrwürdigen rosafarbenen Villa untergebracht, die für eine Schar Anwälte und Gehilfinnen mit langer Mähne unterteilt worden war. Purpurrote Bougainvilleen klammerten sich an die Fassade und perfekt weißer Kies hinterließ Flecken an den Schuhen, als würde man durch eine Kreidegrube laufen. Santini erhob sich bei Glorias Eintreffen von seinem Schreibtisch und empfing sie mit einer gefühlsbetonten Rede, als wäre er überrascht, sie so lange nicht gesehen zu haben, das Leben ist, wie es ist, nicht wahr, die Zeit vergeht, die Freunde sterben und ihre Töchter reifen zu sehr schönen Frauen heran, er hielt sie von sich weg, um ihr prüfend ins Gesicht zu sehen, mit halbgeschlossenen Augen, wie um eine Spur von irgendetwas darin zu finden, vielleicht etwas Charakteristisches der Marcaggi, aber er sagte: »Du bist deiner Mutter sehr ähnlich.«

Santini trug einen sorgfältig gestutzten Bart, der zwei Farbtöne heller war als sein graumeliertes Haar, sein graues Hemd mit den silbernen Manschetten gab den Blick auf einen ohne Sonne gebräunten Hals frei, er war sehr ansehnlich, wie Glorias Vater gesagt hätte, schien metallisch zu glänzen, und sah insgesamt eher aus wie ein römischer Intellektueller, der gerade eine Konferenz über die Rezeption mediävistischer Literatur während des

Faschismus gegeben hat, als ein korsischer Anwalt, der angeblich Roberto Marcaggis Freund gewesen war.

»Unsere Familien stammen aus dem gleichen Dorf. Wir sind alle über Ecken miteinander verwandt. Das ist eine der Besonderheiten des Inseldaseins, nicht wahr, Protektionismus, Paranoia und Inzucht«, sagte er liebenswürdig. Sie dachte, Erstaunlich, all diese Leute, die behaupten, Teil meiner Familie zu sein.

Sie saß sehr aufrecht auf ihrem Samtsessel und dachte, dass er nicht bemerken würde, dass sie schwanger war, aber er lächelte wie eine große schlaue Katze:

»Ich sehe, wir haben das Glück, bald einen neuen kleinen Marcaggi begrüßen zu dürfen.«

»Er wird nicht Marcaggi heißen«, wand Gloria ein.

Santini fegte den Einwand mit einer Bewegung seiner eleganten – und manikürten – Hand beiseite. Dann erklärte er ihr, wie die Dinge standen. Glorias Vater hatte beim Verkauf seiner Anteile an der Kugellagerfabrik Marcaggi-Fromental viel Geld verdient, er hatte es in eine Bar mit Restaurant investiert (*La Traînée*) und in mehrere Immobilienprojekte (was Gloria nicht gewusst hatte). Da er sie alle veräußert hatte (außer der blauen Hütte), besaß er bei seinem Tod eine beträchtliche Summe.

»Und was heißt das?«, fragte sie mit gerunzelter Stirn.

»Nun, nicht alles ist verfügbar, bei weitem nicht«, bremste sie Santini. »Ein großer Teil ist langfristig angelegt, aber du wirst ein kleines Vermögen zu verwalten haben.«

Er wirkte zufrieden, als ob er ihr verkündete, dass sie ihre Prüfung bestanden oder im Lotto gewonnen hatte, oder aber, als ob er im Lotto gewonnen hätte. Sein Lächeln saß in jeder Falte seines Gesichts, im gutmütigen Funkeln seiner halbgeschlossenen Augen.

Er reichte ihr eine zehn Zentimeter dicke Mappe.

»Hierin befindet sich alles«, sagte er hochtrabend.

Sie musste ein wenig verloren wirken, denn er stand auf, kam hinter seinem Schreibtisch hervor und legte ihr die Hand auf die Schulter.

»Mach dir keine Sorgen. Ich bin da, um dir zu helfen.«

Gloria nickte dankbar.

## 18

Zwei Beamte waren gekommen, nachdem sie erwähnt hatte, dass ihre Bitte um Schutz mit dem Tod von Lucca Giovannangeli in Fontvielle zu tun habe. Sie hatten ihren Wagen hinter ihrem in der Auffahrt geparkt – sie hatte gedacht, Sie hindern mich am Wegfahren –, sie hatte sie auf der Vortreppe empfangen, die Mädchen waren draußen am See, sie hatten sich ihr vorgestellt, Leutnant Bart, Kommissar Simon, und waren ihr ins Wohnzimmer gefolgt, der eine hatte sich gesetzt, der andere nicht, sie hatte ihnen Kaffee angeboten, der eine hatte ihn angenommen, der andere nicht. Sie hatten ihr zugehört, notiert, was sie ihnen erzählte, abgewogen, ob sie sich das ausgedacht hatte oder nicht, und waren wieder gefahren mit der Bemerkung, dass sie ins Kommissariat von Bottenbach kommen müsse und sie das Nötige veranlassen würden.

Sie wollte Erleichterung spüren. In der Nacht hatte sie daran gedacht, das Kayserheimer Haus mit den Mädchen zu verlassen, sie nach Paris zu bringen, etwas Kleines zu mieten, vielleicht sogar noch weiter weg, ins Ausland zu fliegen, aber es waren nächtliche Überlegungen, sie waren verschwommen und verstört und ergaben ein alarmierendes Bild von der Welt. Am Morgen hatte sie das Gefühl des Grauens und den nicht zu löschenden Durst abgeschüttelt, der sie an den – täglichen? – Kater im Leben mit Samuel erinnerte. Sie hatte beschlossen, nicht zu fliehen und sich der Polizei anzuvertrauen. Die Mädchen würden nach den Sommerferien in Kayserheim zur Schule gehen, und sie würden alle drei eine Zeit lang im Haus ihrer Großmutter leben. Unter ihrem Schutz, dachte Gloria ernsthaft. Eigentlich konnte man nicht behaupten, dass die Anwesenheit von Antoinette Demongeots Geist ein Segen wäre. Vielleicht, wenn sie eine liebevolle oder zuvorkommende Frau gewesen wäre. Aber trotz der charakterlichen Eigenheiten der alten Demongeot war nichts Erschreckendes daran, dass sie in ihrem eigenen Haus spukte: Die Geister wollten vielleicht nur wissen, wie die Welt ohne sie aussah – die Vorstellung, an der eigenen Beerdigung teilzunehmen, kennen wir alle, nicht wahr.

Gloria riss sich zusammen. Es gibt keine Geister, wo war ich nur mit meinen Gedanken.

Auch wenn man bei sich zu Hause unter tragischen und/oder dummen Umständen stirbt.

Was bei Antoinette Demongeot der Fall war.

Sie starb ein Jahr, nachdem Glorias Mutter ihren Mann und ihre Tochter für ihren Zahnarzt verlassen hatte. Gloria war damals acht Jahre alt. Sie erinnerte sich kaum an diese Zeit, außer daran, dass ihr Vater schon morgens weinte, sich für sein Weinen entschuldigte, sich zum Weinen versteckte. Er schluchzte nicht, hatte nur ständig feuchte Augen und Tränen flossen ihm über das Gesicht, man hätte an eine Augenentzündung glauben können und das taten die Leute, es war bequemer, als sich wegen des netten, verzweifelten Roberto Sorgen zu machen. Und sie erinnerte sich, dass das Meer ein großer Trost war; sie tauchte mit ihrer Maske vor der blauen Hütte, es roch nach feuchtem Schwamm, ein bisschen verschimmelt, nach Sand und dem warmen Staub des Strandes, die Sonne zeichnete im Rhythmus der Wellen hypnotische, schwingende Diagramme auf den Grund des Meeres, und sie konnte mit Maske und Schnorchel eine Stunde lang unter Wasser bleiben, die reglosen Glieder von sich gestreckt wie ein Seestern, die Brust so mit Luft gefüllt, dass sie totenstarr an der Oberfläche trieb, und sich von dem Anblick der ondulierenden Lichtfiguren, durch die hin und wieder eine oder zwei Brandbrassen kreuzten, wiegen lassen, gebannt von den Brennlinien, an nichts mehr denkend, weder an Mama noch an Papas Tränen.

Ihre Großmutter hatte sie in dem Jahr nicht gesehen, aber sie hatte Gloria Postkarten aus dem Elsass oder aus Spanien geschickt, auf denen Landschaften, landestypische Rezepte und Altarbilder zu sehen waren, und sie schrieb immer das Gleiche, »Ich hoffe, du lernst fleißig«, »Viele Küsse aus Kayserheim«, Sätze, die keine andere Funktion hatten, als Gloria zu versichern, dass sie noch eine Großmutter hatte, der von Zeit zu Zeit gewahr wurde, dass es ihre Enkelin gab – pinnte sie sich einen Zettel an den Wandkalender, um ihrer einzigen Enkeltochter regelmäßig eine Postkarte zu schicken? Auf jeden Fall notierte sie sich nicht, welche Karte sie schickte, denn in dem Jahr, als Gloria sieben war, bekam diese mehrmals die gleiche. Und sonderbarerweise wirkte diese Wiederholung beruhigend auf Gloria, sie schien zu sagen: Nichts wird mehr geschehen, was unmittelbar destabilisierend ist, für eine gewisse Zeit wird sich nichts mehr verändern, Küken.

Hatte sie sich wirklich gewünscht, dass ihre Mutter zurückkam? Sicher. Allein schon, damit ihr Vater aufhörte zu weinen. Auch wenn das Leben allein mit Roberto Marcaggi angenehm war. Sie aßen fast jeden Tag in der Bar zu Mittag, Roberto holte die Kleine zur Essenszeit ab und brachte sie Punkt dreizehn Uhr wieder zurück zur Schule; Onkel Gio vergötterte Gloria, sagte immer wieder zu Roberto: »Die Kleine ist genial«, ein Satz, der schnell zu »Sie ist ein Genie« wurde, und er sagte ihn so oft und zu so verschiedenen Anlässen, dass Roberto ihn übernahm, so wie manche Ausdrücke plötzlich in Mode kommen und bevor man es verhindern kann, den Wortschatz infizieren, so wie wir fast alle schon einmal, zu verschiedenen Zeiten, »ja« durch »absolut« ersetzt oder »wunderbar« benutzt haben, um Zustimmung oder Begeisterung auszudrücken.

Ein Jahr lang betete Gloria damals jeden Abend auf Knien an ihrem Bett – sie hatte das bei *Unsere kleine Farm* abgeschaut –, damit Mama Nadine wiederkam. Aber sie tat es sicher nicht inbrünstig genug, oder sie formulierte ihre Bitte wohl nicht richtig, wie dem auch sei, Mama Nadine kam nicht zurück, also wechselte Gloria die Methode und versuchte es mit heidnischeren Riten: Wenn sie und ihr Vater gleichzeitig dasselbe sagten, schrie sie, Wir müssen uns was wünschen, wenn sie einen weißen Schmetterling sah, Wir müssen uns was wünschen, wenn sie drei rote Autos in der gleichen Straße entdeckte, Wir müssen uns was wünschen, wenn die Anzahl der Silben in einem gesprochenen Satz zwölf ergab, Wir müssen uns was wünschen (Gloria neigte dazu, alles zu zählen: Die Anzahl der Wörter in einer Frage musste natürlich größer sein als die der Antwort, oder die Zahl der Klöße auf ihrem Teller musste zwingend gerade sein ...).

Sie hörte, wie Onkel Gio mit Roberto in der Bar über Mama Nadine sprach, nach dem Mittagessen, während sie auf einem der Barhocker am Tresen saß und ihre Playmobilfiguren zum Leben erweckte, bevor sie zurück zur Schule musste.

»Sie könnte zumindest die Kleine anrufen oder ihr eine Karte schicken, das ist das Schlimme mit diesen Schnepfen, sie haben diesen tiefsitzenden Egoismus, und siehst du Roberto, ich sag das nicht, um dich zu trösten, aber solche gibt es viele, die sich lieber um ihre Haare kümmern und ihre schicken Fummel als um ihr Kind, nicht nur Nadine, das ist eine weitverbreitete Schwäche, du hättest ohnehin nie ein Mädchen aus dem Norden nehmen dürfen, darüber haben wir ja schon gesprochen, ich war nie dafür, diese Mädchen sind eiskalt, und sie furzen nur in Seide, sie hat sich schon immer für was Besseres gehalten, für eine Catherine Deneuve, obwohl sie nur eine Bergarbeitertochter ist.«

Nach Onkel Gios sozialgeografischen Einordnungen blieb kein Zweifel daran, dass Mama Nadine nur sich selbst liebte und es eine gute Sache war, dass sie abgehauen war, also hör auf zu heulen, Roberto, reiß dich zusammen, mein Freund, denk an die Kleine.

Roberto schüttelte die Trauer ab – wortwörtlich. Er sah aus wie ein Cockerspaniel, der einem nach dem Regen den Flur besprenkelt. Und er sagte:

»Du hast recht, Gio, du hast recht. Ich weiß ja, dass du recht hast. Aber lass mir ein bisschen Zeit, ja?«

Und Onkel Gio rümpfte die Nase und schaute ihn aus halbgeschlossenen Augen missmutig an. Er konnte nicht anders, als Selbstmitleid als letztes Stadium der Würdelosigkeit anzusehen.

Und dann kam die Nachricht von Antoinette Demongeots Tod. Nadine hatte angerufen. Erst hatte sie eine Nachricht auf dem Anrufbeantworter hinterlassen und darum gebeten, dass Roberto sie zurückrief. Gloria spielte die Nachricht in Endlosschleife ab, sobald ihr Vater draußen war. Sie setzte sich vor das blinkende Gerät und spulte zurück und drückte auf PLAY, und spulte wieder zurück und hörte sie noch einmal an, und so weiter. Sie hatte sich gefragt, wie sie es anstellen könnte, sie für immer zu behalten. Die beste Lösung schien zu sein, sie auswendig zu lernen. Indem sie jede Betonung und alle Pausen ihrer Mutter nachahmte. Eines Tages, lange Zeit später, als er aufgehört hatte zu weinen, sagte sie es vor ihrem Vater auf, der zutiefst erschrocken wirkte und dann sanft sagte: »Ich bin nicht sicher, ob ich ihre Stimme noch einmal hören möchte«, was zugleich wahr und falsch war, aber auf jeden

Fall war ihm eiskalt geworden, als er die Nachricht aus dem Mund seiner Tochter gehört hatte. Die Nachricht lautete: »Roberto, hier ist Nadine. Ich muss mehrere Dinge mit dir besprechen. Ruf mich bitte zurück. Und küss das Küken von mir.«

Sie hatte keine Nummer hinterlassen, was bedeutete, dass Roberto wusste, wie er sie erreichen konnte. Vielleicht redeten sie mehr oder weniger regelmäßig miteinander, ohne dass sie je darum bat, mit ihrer Tochter zu sprechen, oder sie jemals erwähnte, und es dabei beließ, ihr Gespräch mit einem »Küss das Küken von mir« zu beenden.

Aufgrund der Umstände von Antoinette Demongeots Tod wurden Gloria gegenüber keine Details erwähnt. Die Kleine weinte ein bisschen, und als sie Genaueres wissen wollte, sagte Roberto: »Sie starb friedlich in ihrem Stuhl.«

Was eine substanzielle Abweichung von der Realität darstellte.

Antoinette Demongeot war tatsächlich in ihrem Stuhl gestorben – oder eher auf ihrem mit großen braunen und orangefarbenen Blumen bedruckten Liegestuhl mitten im Garten, aber unter Umständen, die nicht als »friedlich« bezeichnet werden können.

Eine unglückliche Fügung sorgte dafür, dass verschiedene Dinge zusammenkamen. Zum einen hatte Antoinette Demongeot, um ihre Bräune zu perfektionieren, die so spektakulär wie möglich sein sollte, die Gewohnheit angenommen, Hausmittelchen zusammenzurühren, die sie auf ihre Haut auftrug (mit denen sie sich von Kopf bis

Fuß »einbutterte«, wie Roberto Marcaggi es nannte), und zum anderen trug sie an jenem Tag ein schwarzes Netzkleidchen (stets elegant).

Der Geruch, den ihre Salbe verströmte (Lavendel, Aspik, Karotte, Jojoba, Johanniskraut, Sheabutter, Sesam, Nachtkerzenöl, Bergamotte, Annatto und was weiß ich), stellte sich als Hornissenfalle heraus – oder eher als ideales Stimulanzium. Alle Hornissen im Umkreis von mehreren Kilometern (es waren gar nicht so viele, aber mehr als genug) streckten ihre Fühler aus und folgten dem süßlichen und unbekannten Ambrosiaduft, und als sie den Netzstoff auf Antoinette Demongeots ausgemergeltem Körper erblickten, sahen sie sechseckige Zellen, sahen sie Bienenstock, sahen sie Honig. Und es gab kein Halten mehr. Ich vereinfache vielleicht ein wenig. Aber so in etwa muss es abgelaufen sein. Schauen Sie gern nach, wie Hornissen mit Bienen abrechnen, und Sie werden eine genauere Vorstellung von ihrem bestialischen Verhalten bekommen. Die arme Antoinette, die bis dahin brav auf ihre Sudokus konzentriert war, wurde in einer sehr kurzen Zeitspanne von nicht weniger als zwölf Hornissen gestochen und schaffte es nicht schnell genug, von ihrem Liegestuhl aufzustehen. Ihr altes, abgehangenes Herz hielt nicht stand und sie erlitt einen Infarkt.

Sie lag immer noch auf ihrem Liegestuhl, als sie am darauffolgenden Morgen der Briefträger fand: Er brachte ihr eine Lieferung von La Redoute (ein Negligee aus leicht brennbarem Stoff und eine Tischdecke) sowie eine Postkarte von Gloria (auf der Vorderseite weiße Pferde, die durch die Camargue galoppierten, fotografiert zwischen

Wasserspritzern, auf der Rückseite ein »Liebe Oma Antoinette, mir geht es gut, ich hoffe es geht dir auch gut.«).

Nach dieser Tragödie konnte Nadine sich zwar nicht entschließen, das Haus ihrer Kindheit zu verkaufen, wollte aber auch nicht dorthin zurückkehren (weder mit noch ohne ihren Zahnarzt), und sie bot Roberto an, das Haus so oft zu nutzen, wie er wollte. Dachte sie, dass die Bleibe mit den bunten Fenstern inmitten der Tannen als Entschädigung für ihre Desertation im Jahr zuvor dienen könnte? Schwer zu glauben, aber nicht ganz unvorstellbar. Man handelt zuweilen reichlich Sonderbares mit seinem Gewissen aus, das muss ich keinem sagen.

Roberto fuhr mehrere Male mit seiner Tochter und seinem alten Freund nach Kayserheim, stets für ein paar Tage, sie fuhren zu dritt in Onkel Gios Citroën, Kurs nach Norden, die beiden Männer spielten die ganze Fahrt über den Clown, um die Kleine bei Laune zu halten, sie aßen an der Autobahnraststätte zu Mittag, weil sie wussten, dass Gloria diese Pausen liebte, in denen sie so viele Pommes essen durfte, wie sie wollte. Sie machten sich über die Leute lustig, die wegen der All-you-can-eat-Buffets an die Raststätte kamen (Onkel Gio) und rauchten Kette (Roberto). Sie erfreuten sich an der Kleinen, hielten den Kopf leicht schief und lachten ein wenig albern. Sie war so rührend mit ihrem glatten schwarzen Haar, ihrem Cowboyhut, ihren Kaugummi-Tattoos, ihren lackierten Nägeln (eine perlschimmernde Farbe pro Nagel) und der Begeisterung eines kleinen Mädchens für die Massen an industriell gefertigten Speisen.

Es gab in Glorias Beziehung zu diesem Haus also zwei

Phasen – die Phase Mama Nadine + Antoinette Demongeot, die mitten im Garten frittierte, in der beide ständig
Schlechtes über Roberto Marcaggi sagten, aber freundlich lächelten und die Augen aufrissen, sobald Gloria
mit ihnen sprach (und ihre Augen sagten: Ich schenke
dir meine ganze Aufmerksamkeit, also mach was draus,
danke), danach die Phase Papa Roberto + Onkel Gio, mit
viel Wohlwollen, laxer Erziehung, Gelächter und Alkohol
(einmal waren sie so besoffen, dass sie Marshmallows im
Garten aussäten und Gloria versicherten, dass sie wachsen
würden).

»Marshmallow-Bäume«, lallte Onkel Gio.

Gloria hatte ihren Töchtern die Stelle gezeigt, an der
eigentlich ein Marshmallow-Baum hätte wachsen und
einen Haufen schaumiger und süßer Früchte hätte tragen sollen. Stella hatte nur die Augenbrauen und dann
die Schultern hochgezogen, aber Loulou war mit beiden
Beinen auf und ab gehüpft und hatte bis über beide Ohren
gestrahlt. Angesichts der Naivität ihrer Jüngsten hatte
sie mit der Wahrheit herausrücken müssen – oder eher
mit der Wirklichkeit. Nein, solche Bäume gebe es nicht.
Man könne nicht alles Beliebige anpflanzen. Es sei nur
ein kleiner Scherz von ihrem Großvater und Onkel Gio
gewesen. Aber Loulou hatte bereits nicht mehr zugehört
und begonnen, dort in der Erde zu graben, wo die beiden
schrägen Vögel ihrer Mutter zufolge den Bonbonbaum
gepflanzt hatten, sie hatte sich mit ihrem Werkzeug »für
kleine Gärtner« betätigt (sie hatte gefragt, warum sie nicht
das für »kleine Gärtnerinnen« bekam, und Stella hatte
die Vermutung geäußert, dass das wohl nicht auf die

Schachtel gepasst hätte) und sich nicht beirren lassen in ihrem Entschluss, dort einen Avocadokern einzubuddeln, den sie vorher in einem Wasserglas mit Streichhölzern als Halterung hatte austreiben lassen (die beiden Kulturen, bei denen sie es zur Meisterschaft (Meisterinnenschaft?) gebracht hatte: Linsen auf Watte und Avocadokerne). Loulou liebte das Landleben. Sie hatte sogar eine Katze gezähmt, die im Wald lebte, sich von Feldmäusen ernährte und damit begonnen hatte, ihr an manchen Tagen Spatzen und Grasmücken auf die Treppe zu legen. Loulou hatte sie Cyrius genannt, Stella nannte sie Jean-Pierre. Gloria konnte sich ihr nicht nähern. Bei ihrem Anblick fauchte das Tier mit angelegten Ohren, als ob es schrecklich saures Gras gefressen hätte, während es seine Zeit damit verbrachte, um Loulous Waden Achten zu schlagen und dabei zu schnurren wie ein Kühlschrank, kurz bevor er den Geist aufgibt. Die Hunde des alten Buch setzten dem armen Tier zu. Loulou tröstete es säuselnd.

Kurz nach dem Besuch der Polizisten saß Gloria auf der Vortreppe, erinnerte sich an den Marshmallow-Baum, dachte an die Grasmückenmorde und glaubte sich einigermaßen beruhigt. Über dem Gras im Garten, das entschieden gemäht werden musste, flatterten weiße Schmetterlinge, immer zu zweit. So sentimental wie wir sind, dachte Gloria, können wir nicht anders, als darin einen Balztanz zu sehen. Die Beamten hatten ihr zugesichert, sie anzurufen, aber sie glaubte nicht an Versprechen. Sie fragte sich, ob es wohl möglich wäre, sie bereits am Nachmittag wieder anzurufen. Sie wägte das Für und Wider ab.

Sie wusste nicht, warum sie ruhig und erleichtert war.

Angesichts dessen, dass die Mädchen in dem Augenblick am See waren – außer Reichweite für Antoinette Demongeots Geist, aber auch außerhalb der direkten mütterlichen Rettungszone.

19

Der Unterschied, den Gloria zwischen Gespenstern und Geistern macht, muss noch einmal genauer beleuchtet werden. Gloria hatte ihre ganze Kindheit über Besuch von Gespenstern – so nannte sie ihre unsichtbaren Freunde. So nannte sie die Langeweile. Es besteht eine direkte Verbindung zwischen Langeweile und dem Auftauchen von Gespenstern. Gespenster sind im Allgemeinen gutmütig, sie spielen Monopoly mit einem, lesen über die Schulter gebeugt mit, besitzen manchmal eine feste Identität, was aber nicht notwendig ist. Sie tauchen bei einsamen Kindern auf, die wenig Ablenkung haben, aber auch bei nicht wenigen Erwachsenen, die an unergründlicher Langeweile leiden – bei der Arbeit oder in ihrem Familienalltag. Es gibt nicht zuletzt »Bürogespenster«, die eine Zunft mit verschiedenen Anwendungsmodulen bilden (Sitzungsgespenster, Aktenprüfgespenster, Business-Lunch-Gespenster ...). Niemand spricht jemals darüber.
Bei den Geistern ist die Sache komplizierter. Es scheint so, als hätten sie unter den Lebenden etwas vor – oder wollten sie dazu bringen, etwas zu tun.
Es gibt demnach zwei Sorten mit verschiedenen Bestim-

mungen: Das Gespenst ist ein Gefährte, den Sie wider Willen herbeirufen (außer Sie sind jünger als acht Jahre), der Geist hingegen erscheint aus eigenem Antrieb.

Natürlich würde Gloria diesen Behauptungen nie öffentlich zustimmen. Doch sie unterhält, wie viele ehemals traurige Kinder, eine spezielle Beziehung zum Unsichtbaren.

## 20

Gloria trank auf der Vortreppe sitzend weiter ihren heißen Tee und genoss den Augenblick, in dem ihre Erleichterung, amtlichen und gesetzlichen Schutz zu genießen, die Trauer, Onkel Gio nie mehr wiederzusehen, überwog. Es kam natürlich nicht in Frage, zu seiner Beerdigung zu gehen. Sie wollte den Wald nicht verlassen. Sie würde der Nachbarin eine Vollmacht schicken. Sie würde sich um alles über das Telefon kümmern. Die Nachbarin würde es genießen, im Mittelpunkt zu stehen. Die Mädchen mussten nicht gleich von Onkel Gios Tod erfahren. Manchmal kam Gloria der Gedanke, dass die beiden eine Kindheit hatten, die mit verschwundenen oder im Verschwinden begriffenen Personen gespickt war. Ohnehin hatte nur Stella ihn bewusst kennengelernt, als sie klein war. Seit ein paar Jahren war Onkel Gio nur noch der alte Mann, den ihre Mutter regelmäßig anrief. Und alte Männer starben am Ende. Das lag in der Ordnung der Dinge.

Gloria geht zu den Mädchen an den See. Sie kommt am

Sägewerk vorbei, geht unter den Bäumen entlang, lauscht dem stacheligen und weichen Knirschen ihrer Schritte auf dem Teppich aus Piniennadeln – ein ebenso angenehmes Geräusch wie das, das entsteht, wenn man im Oktober über das Laub der Kastanie im Schulhof läuft –, während sie ihre Lunge mit der frischen Luft füllt, die ihr so gesund vorkommt, sie ist beruhigt und sogar auf gewisse Weise von Harmonie erfüllt, und bestimmt ist dieses ein wenig trügerische Gefühl der Grund, warum sie Stellas Schreie erst hört, als sie an der Stelle aus dem Wald tritt, wo der sogenannte Strand liegt, ein Sandstreifen an der nördlichen Seeseite (Ausrichtung zur vollen Südseite).

Stella brüllt aus voller Kehle.

»Hilfe!«

Als sie den Schrei hört, bleibt Gloria stehen, sprachlos, sie glaubt, gelähmt zu sein, alles friert ein, ein Problem mit der Gefahreneinschätzung?

Nein, natürlich nicht, eher hat das Gehirn einen Aussetzer, macht einen (mikroskopischen) Moment Pause, will verstehen, was hier vor sich geht, um so angemessen wie möglich zu reagieren (niemals Schnelligkeit mit Hast verwechseln, predigte Onkel Gio), und dann beginnt das Gehirn zu vibrieren, der Hypothalamus schickt dem Nebennierenmark eine Nachricht, ein wahres Wunder, das Gehirn erhält einen Adrenalinschub, der Gloria losrennen lässt, sie ruft: »Ich bin hier«, als wäre das die Zauberformel, die die Lage zu stabilisieren vermag.

Stella ist über ihre kleine Schwester gebeugt, die von Krämpfen geschüttelt wird, Gloria war bereits bei mehreren solcher Anfälle dabei, beim ersten Mal war Loulou erst ein paar Monate alt und hatte starkes Fieber, sie hatte Röteln, sie war nicht geimpft, Onkel Gio war gegen Impfungen und Gloria hatte sich nach Samuels Tod ein bisschen zu sehr auf ihn (und auf Pietro) verlassen, die Anfälle sind erschreckend, aber nicht gefährlich, glaubt Gloria, sie weiß es im Grunde nicht, und ich kann sie von dort, wo ich bin, nicht darüber ins Bild setzen, dass diese Anfälle, wenn sie nach dem fünften Lebensjahr noch vorkommen, besorgniserregend sind und sie alarmieren sollten; Gloria ist also durchdrungen von ihrem angeblichen Wissen, das ihr hilft, gelassen und gefasst zu bleiben, sie stößt Stella zur Seite (rücksichtslos, aber kann man ihr das übelnehmen?), sagt immer wieder: »Ich bin hier, ich bin hier, ich bin hier«, dreht Loulou auf die Seite und legt ihre Jacke unter den Kopf des Kindes, sie glaubt zu wissen, was sie tut, Loulou hört auf zu zucken, wird schläfrig, sie schließt die zuvor verdrehten Augen und bewegt langsam den Kopf hin und her. Die Ruhe kehrt zurück. Fast kann man die Wasserspinnen über den See laufen hören.

»Was war das denn?«, fragt Stella, die zitternd neben ihr steht, mit nassem Haar, sie hatte große Angst und scheint nun zu erwarten, dass ihr jemand Rechenschaft ablegt, Gloria steht auf und nimmt sie in den Arm, Stella ist nie zuvor Zeugin der Anfälle ihrer Schwester gewesen, und auch wenn Gloria sie manchmal kurz erwähnte, so ist es doch lange her, dass Loulou welche hatte.

»Es ist wie Fieber. Nichts Schlimmes.«

Sie hocken sich ganz nah zu Loulou, Stella bricht in Tränen aus, versteckt sich hinter ihren Haaren, sie hasst es,

zu weinen oder auch nur die kleinste Schwäche zu zeigen –
oder was sie für eine Schwäche hält.

»Ich hatte solche Angst«, flüstert sie. »Wir waren im Wasser und sie hat angefangen, um sich zu schlagen, und ich
dachte, sie macht Quatsch, und dann dachte ich, dass sie
ertrinkt, also habe ich sie an den Strand gezogen, und sie
hat sich übergeben, und ich dachte, sie stirbt.«

Sie will beruhigt werden, aber da ist auch so etwas wie ein
Vorwurf, direkt unter ihrer Verzweiflung. Gloria hört die
Anklage heraus und erzählt Stella von den wenigen anderen Anfällen. Sie wiegt die Kleine und spricht weiter und
weiter und weiter mit Stella, sie schildert ausführlich Loulous Anfälle, Stella hört zu und sagt dann:

»Ich dachte, dass das mit dem Geist zu tun hat.«

Gloria ist überrascht oder tut so, als wäre sie überrascht,
schwer zu sagen, aber es hat Priorität, alle zu beruhigen,
also lacht sie, sie schafft es zu lachen, mit Loulou, die nun
die Augen öffnet und ihre Mutter anschaut, dann ihre
Schwester, dann ihre Mutter, Gloria ist keine so schlechte
Schauspielerin, sie sagt: »Es gibt keine Geister, Stella«, sie
küsst ihre älteste Tochter auf die Schläfe, zumindest versucht sie es, denn da Stella ausweicht, küsst sie ihr Haar,
algenkalt und mit einem Geruch von Schlamm, Schwefel-
stoffen und Wassermolchkadavern.

## 21

Nach Stellas Geburt wurde Gloria bewusst, dass sie das erste Neugeborene war, dem sie begegnete. Da sie keine Vergleichsmöglichkeiten hatte, glaubte sie, es sei normal – wenn auch schwer zu ertragen –, wie sich ihre Tochter verhielt, bis zu dem Moment, als sich diese (eineinhalb Monate alt) vor lauter Schreien einen Leistenbruch zuzog. Stella war eine winzige, aber anspruchsvolle Person, die die volle Aufmerksamkeit ihrer Eltern und vor allem ihres Vaters beanspruchte. Sie hörte bereits auf zu brüllen, sobald er in ihrem Blickfeld auftauchte, beruhigte sich aber erst wirklich, wenn er sie auf den Arm nahm.

In der Not frisst der Teufel Fliegen, das gilt für Neugeborene ebenso wie für Erwachsene, und so übertrug Stella, sobald Samuel nicht da war, ihr absolutistisches Regime auf ihre Mutter. Und Samuel war oft außer Haus. Sie hatten eine Wohnung in der Stadt gemietet, mit einem Kinderzimmer und einem Balkon, von dem aus man, wenn man sich gefährlich weit über die Brüstung lehnte, das Meer sah. Gloria hatte nach Stellas Geburt nicht wieder in der Bar angefangen. Aber sie ging jeden Tag dort vorbei, um Onkel Gio zu besuchen. Da sie nun nicht mehr seine Angestellte war und er sich mit dem Gedanken hatte abfinden müssen, dass sie von »dem Trottel« ein Kind bekommen hatte, hatten sie an ihre frühere Beziehung angeknüpft: Er las ihr jeden Wunsch von den Augen ab (auch wenn dieser Ausdruck nicht ganz passend ist, da er an jemanden denken lässt, der sich behutsam und gezielt kümmert, während Onkel Gio Gloria mit Zuwendung geradezu überschüttete: Essen in riesigen Mengen, schmatzende Wangenküsse, freudiges Aufschreien, sobald Gloria mit Stella im Maxi-Cosi, der ihr gegen die Waden schlug, in die Bar trat).

Als Stella sechs Monate alt war, hörte sie auf zu weinen. Aber sie ersetzte ihr schreckliches Geplärre durch den finstersten Blick, den man sich vorstellen kann. Sie wurde ein stilles Baby, das gern beobachtete. Bis auf ein paar Ausnahmen: Das erste Wort, das sie eines Tages halbwegs aussprechen konnte, war »Ruhe!«, und jeden Morgen nach dem Aufwachen stieß sie es wütend aus.

Gloria kam der Gedanke, dass ihre Tochter vielleicht ein geistiges Problem hatte. Sie traute sich nicht, sich Samuel mitzuteilen. Sie wollte ihn nicht beunruhigen, wenn es um sein kleines Wunder, seine Fee, seine Giraffe, sein Einhorn, sein Schuppentierchen, seine Gazelle von den Galapagosinseln ging (er geizte nie mit irgendetwas). Vielleicht ahnte sie auch, dass er lieber glaubte, Gloria sei ein wenig durchgedreht (postnatale Depression, das stand in allen Zeitschriften, sogar Samuel war diese Information über verzweifelte junge Mütter nicht entgangen), als anzunehmen, dass das Verhalten seines kleinen Wunders ein Anzeichen für eine neurologische Besonderheit war, die nichts Gutes verhieß.

Da sie den Großteil ihrer Zeit mit Onkel Gio in der Bar verbrachte, erwähnte sie ihm gegenüber auch das erste Mal ihre Befürchtungen – unter den stechenden Blicken von Stella, die in ihrer Babywippe lag und sich kein Wort entgehen ließ. Onkel Gio zog die Brauen hoch, als Zeichen seiner Ratlosigkeit: »Das einzige Kind, das ich kannte, warst du, und du warst so außergewöhnlich, dass mir der Maßstab fehlt«, er fügte hinzu, »Ich befürchte, dass Babys einen Hauch komplizierter sind als meine Spieluhren«, und schloss, »Aber ich kann jemanden finden, der sich mit solchen Dingen auskennt.«

Onkel Gio hatte nicht das geringste Vertrauen in die Schulmedizin: Chirurgen fand er noch erträglich (»manchmal muss man aufmachen«), aber Allgemeinmediziner waren für ihn nur ein Witz, der genau wie Religion allein dazu diente, die Dummen zu besänftigen.

Gloria dachte, Er wird mir raten, einen Quacksalber aus der Pampa aufzusuchen, ein Gedanke, bei dem ihr schlecht wurde, also teilte sie ihre Befürchtungen der anderen Person mit, die sie regelmäßig besuchte: Pietro Santini.

Der Kindheitsfreund-ihres-Vaters-und-Anwalt hatte in Glorias Leben einen zentralen Platz eingenommen.

Sie hatten zunächst ein vierteljährliches Treffen vereinbart, damit Santini sie über den Stand der verschiedenen Konten ihres Vaters informieren konnte, aber waren rasch dazu übergegangen, zweimal im Monat miteinander Mittag zu essen, wobei er liebenswürdigerweise von der korsischen Heimat erzählte, von Roberto Marcaggi als kleinem Jungen, von Robertos Mutter, deren Mann 1940 in Dunkerque gefallen war, die nie wieder geheiratet hatte und aufs französische Festland übersiedelte, von der Einsamkeit der Halbwaise Roberto, der Freundschaft, die sie verband, Roberto, den Sohn der verwitweten Spitzenklöpplerin, und ihn, den Sohn des Hirten, der es zum Restaurantbesitzer gebracht hatte (Wildschweinragout, korsischer Käse und Feigenmarmelade, Tourismus und

Knete), er erzählte von dem Moment, als Roberto und seine Mutter nach Nizza abreisten, zu einem Teil der Familie, die sich auf dem Festland befand, und schließlich davon, wie sie sich in Vallenargues niedergelassen hatten. Santini fand immer Zeit für sie, was im Übrigen fast magisch war; Gloria hatte eine Nachricht auf ihrem Anrufbeantworter: »Würden Sie Herrn Pietro Santini bitte so bald wie möglich zurückrufen«, sie rief zurück und er lud sie in eines der besten Restaurants an der Küste ein, so wie es ihr gelegen kam, er war flott, elegant, freundlich und ertrug das Geschrei in Stellas erster Lebensphase ebenso stoisch wie später ihr inquisitorisches Schweigen.

Die zweite Person, der sie ihre Sorgen um Stella anvertraute, war demnach Pietro Santini, der (über einem Teller Rindereintopf) abwinkte und sagte: »Sie ist wie deine Großmutter Anamaria, sie wirken recht grimmig, sind aber sehr gute Menschen. Glaub mir, deine Großmutter hat nie jemanden angelächelt und hatte doch ein großes Herz.«

22

Am Abend nach ihrer Ohnmacht am See fordert die Kleine:

»Ein Film für alle.«

Was bedeutet, dass sie sich zu dritt im Schlafanzug auf dem Sofa einfinden – Loulou hat die Arme um die Beine gelegt und unter ihrem Nachthemd die Knie an die Brust gezogen, so dass nur die Fußspitzen herausschauen und man sie für ein Päckchen gemahlenen Kaffee halten könnte, alles prall gefüllt, nicht ein Hauch Luft kann sich bei dieser Vorrichtung einschleichen, Stella trägt T-Shirt und Leggins (klassisch, solide) und Gloria ein schwarzes Sweatshirt von Samuel, bei dem sie seit sechs Jahren die Ärmel ausfranst, so wie man gedankenlos an den Nägeln kaut und erst, wenn es zu spät ist, bemerkt, dass das Geschehene nicht wiedergutzumachen ist – und einen Film mit Peter Sellers oder einen japanischen Zeichentrickfilm oder einen nicht allzu blutigen Actionfilm anschauen, etwas, das man auf mehreren Ebenen wahrnehmen kann, ohne das Gefühl zu haben zu verdummen.

Das Sofa ist zweifellos eine Erfindung, die in der Familie für Gleichheit sorgt. Niemand wird bevorzugt. Niemand sitzt auf dem Boden oder hat Anrecht auf den Ohrensessel im Schein der grünen Lampe. Alle lümmeln im gleichen Boot.

Die meiste Zeit schaut Gloria nicht wirklich den Film an, sondern ihre Töchter oder manchmal die Decke, sie steht auf, bewegt sich. Wenn Stella die Unaufmerksamkeit ihrer Mutter bemerkt, hebt sie die Brauen, Du wirst wieder nachfragen, um was es geht. An diesem Abend fällt es Gloria schwer, den Blick von Loulou abzuwenden, aber Stella erlaubt sich nicht die kleinste Bemerkung.

Am nächsten Morgen ruft Gloria unten an der Treppe: »Wir fahren zu Carrefour.« Es ist vielleicht kein Carrefour, egal, sie sagt Carrefour wie man Tempo sagt, es geht nur um den Aufruf, sich gesammelt einer normalen Aktivität zu widmen. Der Carrefour, von dem Gloria spricht, ist ein Supermarkt, der den größten Teil des Einkaufszentrums von Bottenbach einnimmt, das seit zehn Jahren inmitten eines fast ausgestorbenen Parkplatzes liegt, weit genug entfernt von jeder Stadt, damit man nicht ohne Auto hinfahren kann und vorsorglich mit einer Tankstelle ausgestattet. Wenn man darüber nachdenkt, könnte man dort fast einziehen, es ist wie an einem Flughafen, solange man Geld hat, steht einem alles zur Verfügung, man ist nirgends und überall zugleich, eine fantastische Maschinerie zum Wohnen und Konsumieren, auch wenn das Einkaufszentrum von Bottenbach, das stimmt schon, nicht sonderlich einladend wirkt (ein ausgestorbener Parkplatz erinnert allem und jedem zum Trotz stets an einen Friedhof an einem Sonntagnachmittag im Februar), aber es hält hinter seinen automatischen Gleittüren so manche Schätze bereit: Massagesalonmusik, Fertigbrötchengeruch, überdimensionierte Einkaufswagen, die über eisbahnglatte Kacheln gleiten, grüne Gummipalmen, die von Tonkügelchen genährt werden, das Angebot, sich künstliche Nägel machen zu lassen, eine Cafeteria, einen Schuhdiscounter, ein Pferdewettbüro und eine Spielhalle. Stella ist zu sehr Snob, um das gut zu finden.

Loulou dagegen brüllt »Ich komme, ich komme« und kommt aus ihrem Zimmer und die Treppe runtergerannt. Sie liebt es einkaufen zu gehen, sie hofft (weiß), dass sie eine Kleinigkeit geschenkt bekommen wird, einen Schlüsselanhänger, ein Buch, eine Playmobilfigur, eine neue

Schere. Ihre Begeisterung erhält einen Dämpfer, als sie feststellt, dass sie nicht weiß, wo ihr zweifarbiges Kätzchen ist.

»Kätzchen«, ruft sie, während sie von einem Raum zum anderen läuft, »Kätzchen?«

Mit der Würde einer ägyptischen Königin schreitet Stella die Treppe hinunter.

»Glaubst du, es wird antworten?«, fragt sie ihre Schwester.

Loulou schaut sie an, als sei die Frage die absurdeste, die man stellen kann und fährt mit ihrer Suchaktion fort, Kätzchen Kätzchen Kätzchen.

Nachdem sie das Plüschtier aufgestöbert haben, fahren sie los, mit offenen Fenstern, sich im Wind verknotenden Haaren. Im Auto verkündet Loulou, dass sie von nun an kein Rosa mehr tragen werde.

Es kommt immer der Moment, da der Geschmack kleiner Mädchen sich verändert, versichert sich Gloria.

»Ich möchte schwarze Kleidung, und wenn möglich mit Totenköpfen aus Strass.«

Gut gut gut.

Stella beschränkt sich seit langem auf Mini-Shorts und einfarbige T-Shirts in XXXL. Auch Gloria hat einen Großteil ihres Lebens in kurzen Sporthosen und ausgeleierten weißen T-Shirts zugebracht und war später zu Wickelkleidern übergegangen, die für ihren Körperbau wunderbar geeignet sind (breite Hüften und BH-Größe 80E, muss daran erinnert werden). Darunter trägt sie dunkelblaue, violette oder schwarze Unterwäsche oder auch jede andere Farbe, bei der man an die verlorenen Frauen in den auf-

gebockten Wohnwagen denkt, das alles unter tief aus-
geschnittenen Kleidern, eine Falle, die Brüste mehr Last
als Schmuck; doch wenn sie sich bewegt, sieht man ihre
dunkelblaue oder violette oder schwarze Unterwäsche aufblitzen, und auch wenn ihr BH ihre Brust vergessen lassen soll (meine Schultern tragen meine Brüste, welch ein
Wunder), verfehlt das bei ihren Zeitgenossen nicht seine
Wirkung.

Nicht wenige männliche Exemplare glauben, dass die
ganze Komposition (Dekolleté, Shorts usw.) nur ihnen
gewidmet sei. Wenn man darüber nachdenkt, ist das wirklich lächerlich.

Du siehst meinen marineblauen BH und *betrachtest* dieses
Aufblitzen als etwas, das für dich bestimmt ist.

Wer hat sich noch nie für ein Mittagessen mit einer Freundin hübsch gemacht, oder auch für sich selbst, um nicht
unterzugehen?

Gloria verkündet heiter:

»Heute bekommen wir alle ein Geschenk.«

Gloria wird sich also eine Nachtcreme kaufen, Loulou ein
schwarzes Oberteil mit leuchtenden Fledermäusen und
Stella ein Macadamia-Eis (zuerst hatte sie eine Packung
Tampons in den Einkaufswagen geworfen und gesagt:
»Fertig, das ist mein Geschenk«, woraufhin Gloria sagte:
»Ich bitte dich, mach dir eine Freude«, und augenrollend
zu Loulou schaute. Stella seufzte, ergab sich aber der mütterlichen Erpressung und suchte nach etwas Unnützem
und Anziehendem). Und das Leben ging wieder seinen
gewohnten Gang.

Es verwirrte Gloria zuerst, dass Santinis Mitarbeiterinnen (wo sind die Sekretärinnen von früher hin?) nie länger als ein paar Monate zu bleiben schienen. Und es bedurfte ein wenig Scharfsinn, den Übergang von einer Vanessa zur anderen mitzubekommen. Santini wählte immer den gleichen Typ aus. Groß, brünett, schlank, schick. Er machte keinen Hehl aus seinen exklusiven Vorlieben. Er rechtfertigte sich mit Theorien über die Intelligenz von Brünetten, das Vertrauen, das seine Mandanten ihm entgegenbrachten, wenn sie von einer Frau in der Kanzlei begrüßt wurden, die jünger *und* eleganter war als sie. »Das ist eine Form von Einschüchterung«, sagte Santini mit seinem Cheshire-Cat-Lächeln. Und er fügte hinzu, dass große und schlanke Frauen ihn überhaupt nicht anziehen würden, und das seine Methode sei, jede Möglichkeit einer außerberuflichen Beziehung von vorneherein auszuschließen. Gloria hörte sich seine Erläuterungen vom gegenüberstehenden Sessel aus an und warf regelmäßig einen Blick auf Stella, die auf dem Teppich herumrobbte und versuchte, sich alles einzuverleiben, was sich in Reichweite ihrer Hand oder ihres Mundes befand (an einem Bein von Santinis Schreibtisch hatte sie zunächst gelutscht und dann ihre Zähne in das dunkle Holz geschlagen, es war erstaunlich).

Gloria wurde bewusst, wenn auch nur allmählich, dass ihre Situation einzigartig war, ihr aber auch eine Art Halt gab, den sie sich nicht entgehen lassen konnte. Die drei Männer, die sie nicht aus dem Blick ließen, sie und

Stella, waren zu einer Landschaft zusammengewachsen. Sie waren ihre Landschaft und ihr Horizont. Santini hatte auf dem Kamin in seinem Büro sogar ein Foto der Kleinen im kunstvoll geschnitzten Rahmen stehen. Was dachten seine Mandanten, wenn sie ihm ihr Leid klagten, ihren Kummer oder ihren Groll? War dieses kleine stirnrunzelnde Mädchen, das so aussah, als wolle es einem eine verpassen, Santinis Tochter oder seine Nichte? Handelte es sich um eine Form von zusätzlicher Einschüchterung oder suggerierte es vielmehr etwas Bestimmtes? Gloria erinnerte sich an einen Film, den sie als Jugendliche gesehen hatte, in dem der Serienmörder, der junge Leute per Anhalter mitnahm, bevor er sie erdrosselte und sorgfältig zerstückelte, Fotos seiner Kinder am Armaturenbrett befestigt hatte. Es war wie Zauberei. Alle setzten sich vertrauensvoll und dankbar auf den Beifahrersitz, seufzend mit den Zehen wackelnd bei der Aussicht auf eine lange, erholsame Fahrt.

## 24

Im Nachhinein hätte Gloria alle Alarmsignale, all die unwiderlegbaren Warnungen, die ihr Gehirn ignoriert hatte, leicht aufzählen können.

Samuel hatte schließlich die Halle seiner Träume gefunden, in der er seine »Fälscherwerkstatt« einrichten wollte: Möbelsuche mit anschließender künstlicher Alterung des Materials. Es handelte sich um eine dreihundert Quadratmeter große Halle im Industrieviertel von Vallenargues, zwischen einer Druckerei in finanziellen Schwierigkeiten und einem Abstellplatz für Autos (ein Purgatorium der Verschrottung). Samuel war euphorisch. Santini hatte ihm den Ort gezeigt. Er konnte jede beliebige Immobilie ausfindig machen. »Das ist mein Hobby«, sagte er so fröhlich lächelnd, als hätte er noch einen nicht erzählten Witz in petto. Er verbrachte einen Teil seiner Freizeit damit, Häuser oder Baustellen von Wohnkomplexen zu besichtigen, Helm auf dem Kopf, grauer Anzug, Slipper aus Zebuleder und Rohbaudiskussionen im Lärm der Presslufthämmer. Diese Freizeitaktivität verschaffte ihm regelmäßig Gelegenheit, Geschäfte zu machen, und natürlich alles ganz legal, was glauben Sie denn. Er sagte, dass er gern »Kaufladen spielte«.

Er selbst wohnte übrigens in einer prächtigen Wohnung in der Altstadt von Nizza – er wollte sich nicht mit einem Haus und mit allem belasten, was das an Instandhaltung, Verwaltung, Problemen mit Leitungen, welch ein Horror, und Wachdienst bedeutete. Nun, seine Terrasse erinnerte trotzdem an einen exotischen Garten im Stil »Rückkehr in die Kolonialzeit«, der jeden Spätnachmittag von einem Fachmann gepflegt und gewässert wurde.

Und er sammelte Jukeboxen. Er besaß drei. Das war ein guter Anfang.

Pietro Santini kultivierte eine Art freundliche, warmherzige, großzügige Großspurigkeit. Manche hielten ihn für ordinär oder zwielichtig. Aber die Welt ist voller Neider und verbitterter Menschen. Sie neiden einem den Erfolg, weil sie selbst davon nur träumen können.
Nicht wahr?
Nicht wahr.

Samuel war vom ersten Moment an von Santini begeistert. Um sie einander vorzustellen, hatte Gloria Vorkehrungen getroffen, die vermuten ließen, dass sie die Reaktion beider Parteien fürchtete oder glaubte, dass die Bedeutung der Begegnung sich als weit größer herausstellen konnte als »Mein Liebster lernt den Freund meines Vaters kennen«. Zudem hatte Santini die Tendenz, Samuel, wenn sie über ihn sprachen, Salomon zu nennen. Was Gloria unbegreiflich war und einen unangenehmen Beigeschmack hatte.
Santini hatte sie beide zum Essen eingeladen. Stella schlief friedlich zu Hause, beaufsichtigt von einem jungen Mädchen, das ehrlich und mutig war »wie ein kleiner grauer Esel«, wie Santini erläutert hatte, ein Mädchen, das er dank seiner Gabe im Umgang mit Menschen aufgegabelt hatte, die sich auf beinahe alle Berufsgruppen erstreckte. Das Restaurant war perfekt, behaglich, luxuriös, gediegen, es wurde mit gedämpfter Stimme gesprochen, man verspeiste Seebarsch, grünen Spargel aus den Alpillen und süß-senfscharfe Kleinigkeiten, trank korsischen Wein von so kleinen Parzellen, dass sie als Gärten durchgehen konnten. Santini hatte das lackierte Spanferkel genommen und

lächelnd zu Samuel gesagt: »Ohne jemandem zu nahe treten zu wollen.« Samuel hatte nicht verstanden und sich an Gloria gewandt, die beschwichtigend den Kopf geschüttelt hatte. Er hatte sich also nichts Böses gedacht und sich an der Pracht um ihn herum erfreut. Er warf Gloria ständig Blicke zu, aus glänzenden Augen, er war wieder fünf Jahre alt und es war der 24. Dezember, er hörte zu, was Santini zu erzählen hatte, oder hörte auch nicht zu, tat aber so.

Beim Digestiv hatte Santini seinen Arm um Samuels Schultern gelegt und gefragt: »Wo kommt der Name Samuel eigentlich her, ist das nicht ein jüdischer Name?«, und als Samuel nur die Stirn gerunzelt hatte, um zu zeigen, dass er sich die Frage nie gestellt hatte, dass seine Eltern den Namen, ohne Hintergedanken, wohl passend gefunden hätten und er genauso gut Jordan oder Jean-Philippe hätte heißen können, setzte Santini sein katzenhaftes Lächeln auf und gab der Bedienung ein Zeichen, damit man ihm die Zigarrenkiste brachte.

Nach dieser ersten Begegnung hatte Santini zu Gloria gesagt, dass Samuel einfach »top« sei (rechter Daumen erhoben, zustimmend verzogener Mund), und angefangen, Samuel am Ende des Tages abzuholen, um mit ihm Räumlichkeiten für seine Tätigkeit zu besichtigen; er war so entschlossen, dass man nicht einen Moment lang zweifeln konnte, dass er für Samuel das Lager seiner Träume finden würde. Er schleppte ihn überall mit.

Gegen neunzehn Uhr hupte Santini, Gloria schaute vom Balkon runter und erblickte sein Cabrio, seinen cremefarbenen Hut und seine verspiegelte Brille, er winkte ihr zu, sie fühlte ein winziges Unbehagen angesichts dieser Selbstgefälligkeit, das war Roberto Marcaggi in ihr, sein »Man macht kein Aufhebens und man will kein Gerede bei den Nachbarn«, aber da war auch, und Gott weiß, dass das schwierig zuzugeben ist, ein scheußlicher Stich von Befriedigung, Alle Welt sieht, dass ein wichtiger und reicher Mann meinen Freund abholt, damit sie Geschäftliches besprechen können.

»Es ist Pietro«, sagte sie, ohne sich zum Wohnzimmer umzudrehen, wo Samuel mit übereinandergeschlagenen Beinen auf dem Sofa sitzend ein Magazin für Pferdesport las. Er sprang auf, küsste Gloria und Stella, die mit träumerischem Blick an Plastikbausteinen saugte, und schnappte sich die Schlüssel von der Anrichte, bevor er sich davonmachte – er besaß einen riesigen Bund nutzloser Schlüssel (warum behält man die Schlüssel von Häusern, in denen man nicht mehr wohnt?), der laut klirrte, wenn er ihn nachts, sobald er aus dem Aufzug trat, wieder aus seiner Hosentasche zog und versuchte, das Schloss zu treffen. So hörte sie ihn heimkommen, sie saß meistens vor dem Fernseher und dachte an etwas anderes, oder sie las einen Krimi im Sessel unter der Lampe, sie tat das Gleiche wie als Kind im Garten von Kayserheim, lutschte Minzbonbons, die schmaler wurden, bis sie so fein und spitz waren wie Glaspfeile, sie fühlte, wie die Nadel im Rachen piekte und wälzte das Bonbon mit der Zunge, wie sie den Gedanken wälzte, an durchstochener Kehle zu sterben, und dann erwachte sie aus ihrer Lethargie, stand auf, ihr Herz machte einen Satz, konnte nicht anders, »Er ist da«, sie öffnete ihm, legte ihm einen Finger auf die Lip-

pen, damit er die Kleine nicht aufweckte und seine Begeisterung zügelte, er kicherte, nahm sie in den Arm, machte
mit ihr ein paar Tanzschritte und sie dachte, Ich weiß ich
weiß ich weiß, wie er ist, aber ich liebe ihn, dieser Mann
ist wunderbar.


## 26

Leutnant Bart hatte eine Nachricht auf Glorias Mailbox
hinterlassen. Er bat sie, so bald wie möglich zurückzu-
rufen.

Sie war mit den Mädchen Schulsachen einkaufen. Loulou war sehr aufgeregt. Gloria erinnerte sich noch an
diese Zeit. September, das bedeutete Kastanienblätter, die
sich einrollen und unter den Füßen zu Staub zerfallen,
und auch der Geruch nach dem brandneuen Plastik des
Mäppchens, der Mandelgeruch des Klebers, den man sich
auf die Zungenspitze tupft, um sich selbst ein bisschen
Angst einzujagen (wird meine Zunge am Gaumen kleben
bleiben?). Gloria hatte den Schulanfang immer gemocht,
die feststehenden Abläufe. Aber sie hatte zu große Angst
davor, ihre Mutter allein zu Hause zu lassen, um an Schul-
ausflügen teilzunehmen. Sie hatte Angst, dass sich ihre
Mutter in Luft auflöste, während sie nicht da war, oder
dass ihre Eltern sich so sehr stritten, dass sie sich auf der
Stelle scheiden ließen. Und bei wem werde ich dann bleiben?, fragte sich Gloria. Das Gleichgewicht im Haus lag
auf ihren schmalen Schultern, und durch diese Verant-

wortung gestärkt, ließ sie durchgehen, bei ihren Schul-
kameraden als Angsthase zu gelten, als kleines Mädchen,
das den Rockzipfel ihrer Mama nicht loslassen wollte und
sich beharrlich weigerte, in den Zoo oder ins Aqualand zu
fahren.

Loulou hatte diese Art von Sorge nicht, sie beschäftigte
nur, wie sie verhandeln musste, um einen Rucksack mit
mexikanischen Vampirmotiven zu bekommen.

Stella dagegen hasste diesen ganzen Zirkus. Die Aussicht
auf den Schulanfang zerstörte alle schönen Momente, die
sie den Sommer über im Kayserheimer Haus erlebt hatte.
Drei Tage zuvor hatte sie entschieden, nie mehr mit ihrer
Mutter zu sprechen, und sie würde so lange durchhalten
wie nötig, denn sie hatte nun begriffen – was sie bis dahin
nicht wirklich geglaubt hatte –, dass sie nach den Ferien
nicht nach Vallenargues zurückkehren würden, und ihr
wurde schlecht bei dem Gedanken, aufs Gymnasium in
Bottenbach gehen zu müssen. Sie sollte mit dem Bus dorthin fahren. MIT DEM BUS. Der Vorschlag ihrer Mutter,
sie jeden Morgen mit dem Auto abzusetzen, wurde nicht
eine Sekunde lang in Erwägung gezogen. Bevor sie aufhörte zu sprechen, verkündete sie, dass sie noch eher täglich mit dem Fahrrad dorthin fahren würde, auch wenn
zwei Meter Schnee lägen – und es schneite in dieser verdammten Region jeden Winter. Sie erwähnte sogar die
Idee, auf Knien hinzurutschen. Schließlich fand sie sich
mit dem Bus ab. Aber sobald sie in den Straßen von Kayserheim auf jemanden in ihrem Alter traf, fand sie, wenn
es ein Mädchen war, dass es aussah wie eine Idiotin und
ein zukünftiges Opfer, oder, wenn es ein Junge war, wie ein

Perverser. Allesamt Landeier. Sie fand sie hässlich. Sie war entsetzt und/oder verzweifelt.

Und seit sie auf die Waffe gestoßen war, die Gloria in ihrer Wäscheschublade versteckt hielt, in einem Wollfilz-täschchen, war die Situation *einen Hauch* angespannt. Es geschah an dem Tag, als Gloria ihr mitteilte, dass sie für lange Zeit nicht nach Vallenargues zurückkehren wür-den, Stella flippte aus, zerbrach eine Vase – eine Vase von Antoinette Demongeot, das juckte keinen –, schrie ihre Mutter an, sie sei eine Lügnerin und wolle einzig und allein ihr Leben versauen, sie beide von der Welt abschot-ten und für sich allein haben, stürmte in Glorias Zim-mer, riss alles aus der Kommode und ihrem Schreibtisch, auf der Suche nach nichts Speziellem, nur, um ihre Wut an Glorias Sachen auszulassen, und entdeckte durch Zufall die Beretta, woraufhin sie mit in die Luft gereck-ter Waffe die Treppe herunterrannte und damit vor den Augen ihrer Mutter herumwedelte, während sie rief: »Du bist durchgeknallt, du bist vollkommen durchgeknallt, hast du überhaupt einen Waffenschein?«, woraufhin Glo-ria das Spiel beendete, damit Loulou die Waffe nicht sah und weiter im Garten nach mehr oder weniger essbaren Pilzen suchte, an denen sie den Kater Cyrius-Jean-Pierre schnuppern ließ, und sagte: »Sie gehörte deinem Vater«, doch Stella, die durch die entschärfende Bemerkung ihrer Mutter nicht zu besänftigen war, »Das ist also das Ein-zige, was du von ihm behalten hast?«, warf die Waffe mit einer Geste unendlicher Abscheu zu Boden; Gloria zuckte zusammen und entgegnete: »Nein, was ich von ihm behal-ten habe, seid ihr beide«, Stella schaffte es aber trotz dieser unglaublich treffenden Antwort nicht, sich abzuregen, und richtete sich weiter in ihrer gerechten Wut ein.

»Was hast du damit vor? Uns umbringen und dich gleich danach?«

Als sie aus dem Einkaufszentrum tritt, bemerkt Gloria, dass sie eine Nachricht von Leutnant Bart hat. Sie gibt den Mädchen die Anweisung, die Einkäufe in den Kofferraum zu räumen, und Stella kommt dem wortlos nach, mit der Überzeugung, dass ihre Verdrossenheit und die Ungerechtigkeit, die ihr widerfährt, Auswirkungen auf den ganzen Planeten haben werden - es würde Frösche regnen, oder aber ihre Mutter würde sich ihr zu Füßen werfen und sie um Verzeihung bitten und ihr anbieten, ihr auf der Stelle ein Smartphone zu kaufen, damit sie wieder nach Belieben ihre Freundin Sarah anrufen konnte. Gloria hatte Stella erlaubt, Sarah von ihrem Handy aus eine SMS zu schicken (mit unterdrückter Nummer), um zu erklären, dass familiäre Probleme sie eine Zeit lang voneinander trennen würden - Stella hatte geschrieben »irgendein Paranoiascheiß wegen der Family«. Gloria hatte nicht mit der Wimper gezuckt.

»Wir haben eine gute Nachricht«, sagt Leutnant Bart direkt nach dem Abheben.

»Haben Sie ihn festgenommen?«

»Wen?«

»Santini.«

»Herrn Santini? Nein, nein.«

»Was ist also die gute Nachricht?«

»Frau Marcaggi, Sie werden von niemandem bedroht

und auch ihre Töchter nicht. Das ist eine gute Nachricht, oder?«

»Ich verstehe nicht.«

»Herr Santini wurde von unseren Kollegen in Nizza verhört, und er hat sich sehr deutlich zu allem geäußert, er ist in keiner Weise verdächtig.«

»Er ist eben gut.«

»Alles, was er gesagt hat, konnten wir überprüfen.«

»Er ist eben gut, sage ich Ihnen.«

»Und die andere wichtige Information ist, dass wir nun Sicherheit haben, dass Lucca Giovannangeli Suizid begangen hat.«

»Ich träum wohl.«

»Nein, Sie träumen nicht.« (Ein wenig Ärger mischt sich nun in die Stimme des Beamten.) »Die Autopsie hat das bestätigt. Auch wenn Herr Giovannangelis Vorgehensweise schwierig nachzuvollziehen war.«

»Das heißt?«

»Es hat sich herausgestellt, dass er einen Mechanismus genutzt hat, der bei Spieluhren vorzufinden ist – er war Fachmann und Sammler von Spieluhren, wenn man seinen Nachbarn glaubt.«

»Ich weiß.« (Verzweiflung, Hyperventilieren, Schwierigkeiten, höflich zu bleiben.)

»Er hat sich selbst erdrosselt. Mithilfe von Drähten, die er mit einem Aufziehschlüssel für Sprungfedern gespannt hat. Die Untersuchung hat ergeben, dass er die Sache selbst ausgetüftelt hat – wenn ich so sagen darf. Und dass der Gedanke ihm schon längere Zeit im Kopf rumspukte. Oder er zumindest die Möglichkeit in Erwägung zog. Er hat alles berechnet: die Anzahl der benötigten Drähte, die Geschwindigkeit, mit der sie sich aufwickeln sollten, die kleine Melodie dazu. Wir haben mehrere Hefte mit Konstruktionszeichnungen gefunden. Viele Leute tun das.«

»Tun was?«

»Die beste Art finden, wie sie ihrem Leben ein Ende setzen. In der Regel suchen sie nach der Methode, die am wenigsten Schmerzen bereitet.«

»Hat er einen Brief hinterlassen?«

»Nein.«

»Sehen Sie.«

»Sehe ich was?«

»Jemand bringt sich unter merkwürdigen Umständen um, die, das werden Sie mir zugestehen, eine komplizierte Vorbereitung erfordern, insbesondere, wenn man ein alter Mann ist, der nicht mehr alle seine körperlichen Fähigkeiten hat, und die Person hinterlässt nichts, was seine Tat erklärt ...«

»Er erklärt sie nicht. Er hat sie nur geplant.«

»Ich habe Zweifel an dieser Version.«

»Außerdem« (Leutnant Bart spricht lauter, er regt sich auf, zieht wohl recht eloquente Grimassen an seinen Bürokollegen gewandt, um ihm mitzuteilen, dass seine Gesprächspartnerin verrückt sei), »und das dürfte Sie vollständig überzeugen, wurde festgestellt, dass Monsieur Giovannangeli nicht an dem Tag von Monsieur Santinis Besuch Suizid begangen hat, sondern erst zwei Tage später« (triumphierend beendet er seinen Vortrag), »die er wohl benötigte, um seine Vorrichtung aufzubauen.«

»Ich habe immer noch Zweifel an dieser Version.«

»Und ich stelle mir die Frage, warum Sie Monsieur Santini unbedingt den Tod von Monsieur Giovannangeli anlasten wollen.«

»Warum hätte er sich umbringen wollen?«

»Warum bringen Leute sich um? Er war alt, gehandicapt, isoliert, und der Besuch von Monsieur Santini hat vielleicht schmerzhafte Erinnerungen geweckt. Monsieur Santini sagt, dass sie über die Vergangenheit gesprochen hätten. Wie die Zeit vergeht. Und über Sie.«

Nachdem sie aufgelegt hatte, blieb Gloria einen Moment lang nachdenklich an ihr Auto gelehnt stehen. Loulou klopfte an die Scheibe, die Mädchen hatten im Wageninneren Schutz vor dem beginnenden Regen gesucht. Irgendetwas war Gloria entgangen. Etwas, das sie vergessen hatte, so schien ihr, so wie wenn einem ein Name auf der Zunge liegt, man sich nur an den Anfangsbuchstaben erinnert und gezwungen ist, das ganze Alphabet aufzusagen, um den zweiten Buchstaben des Namens zu finden. Etwas blieb im Nebel. Eine verschwommene Stelle mitten in ihrer Erinnerung. Etwas Wesentliches war verschwunden.

27

Bei ihrem Mittagessen am Dienstag sagte Onkel Gio manchmal zu Gloria:

»Dein Vater hatte Freunde von davor und Freunde von danach.«

Wonach? Nach der Zeit auf Korsika? Nach ihrer Mutter? Nach dem Kummer? Nach der Krankheit?

»Danach.«

Santini und Onkel Gio kannten sich, natürlich, wären aber nie auf den Gedanken gekommen, sich zu treffen.

Eines Tages ertappte sie sich dabei, wie sie Folgendes aufschrieb:

Onkel Gio liebt Gloria, die Samuel liebt, der Santini liebt, der Gloria liebt, die alle drei liebt.

Dann malte sie die O und A farbig aus. Und knüllte das Blatt Papier zusammen. Sie saß auf dem Balkon, Stella war in der Schule, gerade war große Pause, der Schulhof grenzte an das Gebäude, in dem die Marcaggi-Beauchards lebten (Samuel hieß Beauchard, ich hatte vergessen, Ihnen das mitzuteilen). Gloria hatte eine Verabredung mit Stella. Mitten im Geschrei und Gerenne (wie ein Haufen Elektronen, die in jeder Schulpause freigesetzt werden und sich so ungeordnet und schnell bewegen, dass sie unweigerlich aufeinanderprallen) kletterte Stella auf die Mauer, beugte sich hinüber und winkte durch das Gitter, schickte ihrer Mutter Handküsse, und nach dem Ritual, das ebenso wichtig für sie wie für Gloria war, sprang sie von dem Mäuerchen und rannte zurück, durch die Lücke im Raum-Zeit-Kontinuum, die ihr erlaubte, erneut in ihr Leben als dreijähriges Mädchen zurückzukehren; sie warf ihre Haare hin und her, schrie sich im Tumult heiser und sprang mit der Urteilskraft einer Kugel in einem Flipperspiel umher.

Gloria hatte sich nie vorstellen können, jemand zu werden, der sein Kind betrachtet und denkt: Die Zeit vergeht so schnell.

Eines Tages kam Samuel heim, hob den Deckel vom Schmortopf auf dem Herd (Gloria hatte mit dem Kochen angefangen), stahl eine Bohne, kam ins Wohnzimmer, ging zurück in die Küche, um Eiswürfel zu holen, sprach von einem potenziellen Kunden, den Santini ihm vorgestellt hatte, beendete keinen seiner Sätze, bot Gloria ein Glas an, kehrte in die Küche zurück und erzählte ihr weiter die Geschichte, in einem völligen Durcheinander, sprach lauter, während er sich einen Mojito mixte, kam zurück, strich über Stellas Haarfedern, wie man mechanisch eine Salbeipflanze streichelt, um ihren Duft freizusetzen, und blieb einen Moment lang stehen, kniff die Augen zusammen, reichte Gloria sein Glas und sagte:

»Weißt du, du solltest etwas finden, was dich beschäftigt.«

»Ich bin beschäftigt.« Sie träumte davon, ihm diesen Satz ins Gesicht zu schreien, zu toben und mit dem Fuß aufzustampfen, Leute stampfen in der Realität wirklich mit dem Fuß auf, sie sind manchmal wieder vier Jahre alt, sie aber konnte es nicht, weil Samuel voller Fürsorge und Liebe war, und nachdem er das gesagt hatte, berührte er ihren Arm und lächelte und fuhr mit seiner Erzählung fort. Er hatte eine so besondere Art, sie anzufassen, er tat es von Mal zu Mal vorsichtiger, mit der Sorgfalt und dem Fingerspitzengefühl eines Diebes, der versucht, einen Safe zu öffnen. Samuel wollte sich an die Liebe nicht nur erinnern. Samuel liebte Gloria immer noch innig. Und wenn er sie berührte, spürte sie es am stärksten. Das hatte nicht direkt etwas mit Sex zu tun – er war immer noch ein wundervoller Liebhaber (vorausgesetzt, das hat etwas zu heißen: Es ist eine Sache der Chemie – sein Geruch, seine

Haut, sein Rhythmus, seine Stimme, sein Lachen, sein gutes Aussehen), sie fühlte sich noch nicht genötigt, Seufzer gezielt einzusetzen (ich stöhne, also mag ich das), auch wenn sie wusste, dass es eines Tages so weit sein könnte.

»Wie wäre es, wenn du deine Mutter kontaktierst und ihr sagst, dass sie eine Enkelin hat?«, fragte Samuel.

»Eindeutig nein.«

»Wir könnten sie ohne große Mühe finden, denke ich.«

»Das ist nicht das Problem. Stella hat bereits eine Mutter, einen Vater und zwei gute Feen, die über sie wachen.«

»Ja klar, gute Feen.«

»Sie wollen nur das Beste.«

»Das ist sicher.«

»Und wir können sie ja zu deiner Mutter mitnehmen, wenn sie eine Omi braucht.«

»Warum sagst du das, mein Herz?«

Samuels Mutter hatte ein paar Jahre, nachdem sie ihren Mann verloren hatte, den Verstand verloren. Sie schrieb alles, was sie zu tun hatte, auf Post-its, die sie in Streifen schnitt (für einen sparsamen Verbrauch) und überall im Haus anklebte. Sie musste »untergebracht« werden, nachdem sie die Supermarktkassiererin für ihre Schwester gehalten hatte und den Briefträger für einen Freier, der um sie warb, als sie jung war.

Die Situation hatte Gloria daran erinnert, dass ihre Mutter, bevor sie sie endgültig verließ, in dem Wunsch, so wenig wie möglich mit ihrem Mann zu sprechen, dazu übergegangen war, mit ihm über Notizzettel zu kommunizieren, die sie hier und da im Haus hinterließ: »SCHLÜS-SEL« oder »ABFALL« oder »STEUER«, immer in Großbuchstaben, ohne Zusatz zur Anweisung, aber strategisch verteilt und dadurch unausweichlich, mitten an der Haustür unter dem Spion, am Badspiegel, usw.

Gloria hatte sich nie vorstellen können, eine dieser Frauen zu werden, die sich fragen, ob sie ihr Kind mehr lieben als den Vater ihres Kindes.

Stella war unbestreitbar das Zentrum von Glorias Dasein, während Samuel um sie herumschwirrte, viel Zeit damit verbrachte, mit einer Gruppe alter Männer und Rastafaris im Parc des Oublis Boule oder nächtelang Poker zu spielen (warum spielt man Poker nachts? warum schreibt man nachts?) mit Typen, denen Gloria nie hätte begegnen wollen; er spielte um Geld, amüsierte sich, nahm nie etwas richtig ernst, abgesehen von seiner Tochter und seiner Frau. Und ein Kerl, der einen nicht in die Disco oder zum Bowling mitschleppt, um Bier zu trinken, der einem dort keinen Klaps auf den Hintern gibt, um einen mit den Worten »Geh mit den Mädels tanzen, Schatz, ich hab hier was zu regeln« so freundlich wie möglich wegzuschicken, der seine Männersachen mit anderen Männern regelt, einem von weitem mit der Bierflasche ein Zeichen gibt, während man sich einen abzappelt und denkt, Ich werde nach Hause gehen, ja, ich werde in aller Ruhe nach Hause gehen, aber erst, nachdem ich ihm beide Augen mit einem Löffel aus den Höhlen geschält habe, war so etwas Wertvolles. Ein Kerl, der aus dieser Typisierung (ein Wort von Onkel Gio) herausfiel, war so selten und wertvoll in dieser Gegend. Samuel war ein Gentleman. Wenn Gloria Freundinnen gehabt hätte, hätten sie ihr alle gesagt:

»Dein Sami ist ein Gentleman.«

Auf gewisse Weise war sich Gloria ihres Glücks bewusst.

Wenn Samuel sich nicht seiner Erholung widmete, war er stets an dem Ort zu finden, den er nun seine Werkstatt nannte, in die er seine beiden Prinzessinnen gern einlud; Stella assistierte ihm dann mit dem Werkzeug und einer ihr angemessenen Konzentration, auf einem hohen Hocker sitzend über die Werkbank gebeugt, Gloria las auf einer falschen Charlotte-Perriand-Liege oder machte Fotos von ihnen, systematisch unscharfe Fotos, aber das war nicht wichtig, Gloria war überzeugt – oder redete sich mit rührender Emphase ein –, dass unscharfe Fotos die Essenz eines Wesens besser einfingen.

»Wenn du willst, kann ich dir in der Werkstatt eine Dunkelkammer einrichten.«

»Ich arbeite nicht analog, Samuel Beauchard.«

»Ja, aber das wäre doch interessant, oder?«

»Ich bin keine Fotografin. Ich fotografier nur gern meine kleine Tochter und den Mann, den ich liebe.«

Er verbrachte zu viel Zeit in der Werkstatt. Gloria hatte ausgerechnet, dass er von Februar bis Anfang April neun Sonntage in Folge in der Werkstatt gewesen war. Sie notierte es in ihrem kleinen Kalender. »W«. Wie die Frauen, die im Küchenkalender P am Tag ihrer Periode notieren, damit niemand zu deutlich im Bilde darüber ist, dass sie menstruierende Tiere sind.


Wenn Samuel spürte, dass das Eis dünn wurde, erzählte er eine Geschichte aus seinem alten Leben.

Lange Zeit hatten diese Anekdoten Gloria ablenken können.

»Ich kannte mal einen Typen, der alles Mögliche verkaufte. Fotos vom Papst, die er von der Wachsfigur im Grévin Museum gemacht hatte, oder gefälschte Stücke der Berliner Mauer, Klanghölzer aus Tibet, die eine chinesische Familie für ihn in einem Untergeschoss in Marseille herstellte, er ließ sogar in Berlin alte Wehrmachtuniformen anfertigen. Ich kann mir nicht vorstellen, dass die Leute das wirklich geglaubt haben. Ich denke eher, dass ihnen die Geschichte gefiel und es ihnen gefiel, sie zu erzählen.«
Gloria betrachtete Samuel und fragte sich, worauf eine Beziehung aufbaut: War es einfach die Fähigkeit der Beteiligten, zu vergessen und zu verzeihen? Die manche Personen strukturell gesehen nicht haben, nicht wahr.

Wenn sie sich morgens laut fragte, welches Wetter der Tag bringen würde, teilte es ihr Samuel, der im Bad immer Radio hörte, mit. Und wenn es dann regnete, obwohl er gesagt hatte, dass es schön würde, nahm sie es ihm übel.

Jedes Mal, wenn sie etwas zerbrach, verpasste, verlor, suchte sie nach jemandem, der an ihrer Stelle schuld daran war. Wer sie dazu gebracht hatte, dass. Wer sie nicht daran gehindert hatte, zu. Und wie jeder weiß, ist nichts natürlicher, als es demjenigen anzukreiden, mit dem man sein Leben teilt.

An dem Tag, als er eine dieser Espressomaschinen mit individuellen Kapseln mitgebracht hatte – Samuel kam oft mit einem Spielzeug für die Eine oder die Andere an –, sah Gloria dabei zu, wie er sie anschloss. Aber am nächsten Morgen war die Maschine verschwunden.

»Was ist passiert? Hat sie nicht funktioniert?«, fragte Samuel verwundert.

»Sie war ein ökologischer Albtraum. Ich habe sie entsorgt.«
Gloria hatte nach und nach begonnen, wie Onkel Gio zu
reden. Und sich wie er allen Formen der Empörung hin-
gegeben, die die Epoche bereithielt.

Als Samuel hingegen eines Abends mit der Beretta 92 aufgetaucht war, die ein Kunde ihm anstelle einer Bezahlung
überlassen hatte, bat sie ihn nicht, diese loszuwerden,
sondern schaute sie an und scherzte: »Wir müssen Stella
beibringen, wie man sie benutzt, wenn die Zeit reif ist.«
Und sie sagte zu ihm, dass sie selbst gern wüsste, wie man
schießt. Er packte die Gelegenheit beim Schopf. Es hielt
sie gut zwei Monate lang beschäftigt.

Samuel wusste, wie man schießt, da er in seiner Heimat
Anjou im Herbst mit seinem Großvater durch die Wälder
gezogen war (der Alte hatte ein Lokal an der Landstraße
gehabt, wo man schon um acht Uhr morgens ein Schnäps-
chen oder einen Pastis trank, der Alte war riesig, schnauz-
bärtig und wahnsinnig progressiv). Samuel hatte bereits
mit sieben gelernt, ein Gewehr zu bedienen. Der Alte
hatte nur einen Enkel. In der Not, nicht wahr. Er hatte
ihm erklärt, wie man der Beute entsprechend das Modell,
die Größe und die Ladung wählte. Samuel war fleißig, er
zielte gut, aber sein Großvater hielt ihn für weich und verträumt – er nannte ihn einen Schwächling und am Ende
untauglich.

Samuel wusste, wie er Gloria das Schießen beibringen
konnte. Er hatte seine Geschicklichkeit nicht verloren und
die zwei Monate, die Gloria und er mit den gelben Gehör-
schützern auf den Ohren damit verbrachten, in den Alpillen auf Reinigerflaschen und Dosen zu zielen, waren eine

Zeit tiefer Verbundenheit. Es war sogar das erste Mal, dass Gloria sich einige Stunden von Stella trennte und sie bei Onkel Gio in der Bar ließ.

Gloria traf gern ins Ziel, doch sie liebte es besonders, die Beretta auseinanderzunehmen, ihre tolle, glänzende Waffe zu reinigen, sie aus Spaß zu polieren, sie zu streicheln, sie liebte all das, die einzelnen Teile und Federn sorgsam auf ein Rechteck aus Filz legen, das Magazin herausnehmen, den Schlitten zurückziehen, dreimal (immer dreimal) überprüfen, dass das Patronenlager leer ist, den Lauf abnehmen und schließlich putzen einweichen schmieren fetten. Sie hätte die Waffe gern getragen, wie man ein Geheimnis mit sich herumträgt.

Samuel räumte Gloria widerstandslos ihre kleinen Spleens ein – was diese ärgerte: Sie hatte das Gefühl, dass er sich damit zufriedengab, Frauen als launische, aber charmante Wesen anzusehen. Deren Fantasie, auch wenn sie ein wenig erzwungen war, sie daran hinderte, zu schnell langweilig zu werden.

Ihr war bewusst geworden, dass man in einer Beziehung (Herrgott, sie war zu allgemeinen Aussagen übergegangen, wie entgeht man dem nur) glücklich ist, wenn der andere von seiner Kindheit erzählt. Am Anfang. Am Anfang der Beziehung. Man beglückwünschte sich gegenseitig, auf wundersame Weise eine langweilige oder schwierige Kindheit überlebt zu haben. Es war, wie ein Rätsel zu lösen. Und dann wurde man dessen nach und nach überdrüssig. Die Lebensgeschichte des Partners, bevor man darin aufgetaucht ist, regt einen auf wie eine Katze, die nicht aufhört, einem um die Beine zu streichen.

Dieser leichte Überdruss hatte die Beziehung vergiftet, die Gloria mit ihren eigenen Träumen verband. Sie hatte diese stets wie einen Schatz betrachtet. Aber sicher ist, dass jeder von uns glaubt, dass seine Träume besondere Glanzstücke sind – und das ist bestimmt der Grund dafür, dass wir sie unseren Partnern frühmorgens bei Milchkaffee und Müsli um die Ohren hauen. Als Gloria begriffen hatte, dass Samuel sich nicht besonders dafür interessierte, hatte sie begonnen, sie aufzuschreiben – aus Müßiggang, Befangenheit, Selbstgefälligkeit oder Hoffnung, daraus eine neuartige Deutung zu ziehen. Sie schrieb eine Chronik ihrer Träume. Von erdrückender Bedeutungslosigkeit.

Glorias Ärger wich jedoch regelmäßig zurück wie die Brandung, sie wurde wieder sanft und liebevoll, hinterließ Samuel kleine Liebesbotschaften auf dem Kopfkissen oder in der Jackentasche, erlaubte ihm, ihr die Haare zu waschen, wenn sie badete, nannte ihn wieder Sami oder mein Schatz oder mein Leben oder mein Einziger und nicht mehr Samuel Beauchard, wie sie es in den turbulenten Zeiten tat.

Sie durfte sich nicht über seine Abwesenheit freuen, sie durfte nicht zu viele verschlossene Räume in sich einrichten.

Sie wusste, dass die Gespräche, die sie als Paar führten, Gefahr liefen, nach und nach zu Manövern zu werden: Angriff, Verteidigung und Gegenangriff. Und das stimmte sie nur umso trauriger. War das denn unabwendbar? Samuel passte sich an, wie er sich immer anpasste. Die unangenehmen Vorkommnisse des Lebens waren für ihn

leichte Zusammenstöße. Er war so sorglos, so vertrauensvoll, so gelassen.


## 28

Eines Tages packt es sie wieder.

Sie ist in der Kayserheimer Innenstadt, um in Begleitung
von Loulou ein paar Einkäufe zu machen. Stella wollte
nicht aus dem Bett. Sie laufen die Hauptstraße rauf und
runter, arbeiten alles ab, holen Brot, geben die Mäntel vor
dem Winter bei der Reinigung ab, unterhalten sich, gehen
noch einmal die Straße hoch.

Und der Typ ist immer noch da.

Also klopft sie an seine Scheibe. Der Typ im Auto ver-
schickt SMS, betrügt seine Frau, hofft darauf, seine Frau
bald zu betrügen, schaut, ob er neue Freundschaftsanfra-
gen hat, liest Stellenanzeigen, fährt das Fenster runter. Sie
ist sehr liebenswürdig: »Entschuldigen Sie, ich bin bereits
vor einer Viertelstunde hier vorbeigekommen und da hatten Sie den Motor auch schon am Laufen.«

Der Typ ist verdutzt.

»Gibt es einen Grund, warum Sie den Motor so lange Zeit
laufen lassen?«

Der Typ reißt die Augen auf, er weiß es nicht, er hat nicht
darüber nachgedacht, sucht nach einer Antwort.

»Ich nehme an, der Grund ist einfach, dass Sie SICH
EINEN DRECK UM UNS SCHEREN.«

Die letzten Worte brüllt sie. Der Typ ist zutiefst erschrocken. Er schaltet den Motor aus (probieren Sie es, überraschen Sie die Leute) und sie fährt fort:

»Ich wohne hier mit meiner KLEINEN TOCHTER und wir haben die Schnauze voll von ARSCHLÖCHERN wie Ihnen.«

Loulou zieht ihre Mutter an der Hand und sagt leise: »Du machst mir Angst.«

Gloria überlässt den Typen seiner Schockstarre, läuft mit ihrer Tochter weiter, beugt sich zu ihr runter, um sie zu beruhigen und flüstert:

»Ja, mein Schatz, aber hast du gesehen, es hat funktioniert.«

Dann überkommt sie eine leichte Übelkeit. Die Wut hat sie eigentlich vor sechs Jahren verlassen.


## 29

Gloria spürte, wie sich ihre Wut über die Jahre so festbetonierte, dass sich jeder, der darauf einschlug, die Fingerknöchel brach. Diese Wut konnte sich gegen eine Menge Dinge oder Leute richten, einen Kellner im Restaurant, einen Typen, der vor dem Schultor seinen Hund drangsalierte, Stellas vor der Sportstunde unauffindbaren linken Turnschuh, das rote Kleid, das auf die übrige Wäsche abgefärbt hatte, die Taliban, den fanatischen Individualismus oder die Unmöglichkeit für alte Griechen, in Rente zu gehen. Ihr Hass war grimmig, unvermittelt, ewig.

Sie lauerte darauf, dass der Kerl im Bus sich ein wenig zu sehr an sie drängte, dass die dicke Frau sich anlehnte, dass der jugendliche, bald taube Schwachkopf mit dem Kopfhörer seine Beine spreizte (zweifellos wegen seiner übergroßen Eier) und den ganzen Platz auf der Bank einnahm.

Sie suchte ständig nach Streit. Die Wut kochte in ihr hoch und fand einen Grund, sie trat hervor und schien sich dann in Luft aufzulösen. Doch sie war immer da, im Hinterhalt. Jeden Morgen dachte Gloria, Heute werde ich mich nicht aufregen. Und jeden Tag scheiterte sie. Was macht man mit Wut, die man stets in sich trägt? Wird sie zu einem bösartigen Tumor? Einem Melanom auf der Haut des Arms? Einem kleinen Knoten tief in der Gebärmutter?

Samuel sagte zu ihr:

»Unternimm etwas gegen deine Empörung.«

»Was soll ich denn tun?«

»Melde dich bei einem Verein an, zum Beispiel.«

»Dem Verein für Empörte und Griesgrämige?«

»Nein, einer, der sich für geschlagene Frauen einsetzt, aussterbende Tierarten, der was gegen den Fischfang mit Sprengstoff unternimmt oder den Anstieg des Meeresspiegels, irgendwas in diese Richtung.«

»Ich beschließe, dich nicht ernst zu nehmen, Samuel Beauchard, andernfalls würde mich das sehr wütend machen.«

## 30

Er zeigte ihr schließlich die Definition im Wörterbuch:
*Durch gesteigertes Misstrauen gekennzeichnete Persönlichkeits-*
*störung mit Wahnvorstellungen.*

Als er an dem Abend nach Hause gekommen war, hatte er
sie im Esszimmer vorgefunden, wo sie *Vier gewinnt* spielten
und unsinnige Regeln erfanden, die Stella erlaubten, nie
zu verlieren.

Er sah sofort, dass Glorias Augenbraue aufgeschlagen
und das Lid dunkelviolett war. Sanft hob er ihre Haar-
strähne an: »Was ist passiert?« Und Stella antwortete wie
aus der Pistole geschossen: »Ein Mann hat Mama im Bus
gestoßen, sie hat sich an der Stange wehgetan, also sind
wir in die Apotheke und die Frau hat ihr besondere Pflas-
ter gegeben, die wie Nähte sind, und sie hat gesagt, dass
Mama Anzeige erstatten soll.«

Samuel lehnte sich an die Wand: »Wer ist dieser Kerl, wo
ist er?«

Gloria seufzte nur. Ein Seufzer der Art: Ich komme sehr
gut allein zurecht, danke, ich weiß mich und mein Kind
zu verteidigen.

Aber Samuel hatte nicht vor, es dabei zu belassen.

Er wies Stella an, in ihr Zimmer zu gehen, und verlangte
eine Erklärung.

Gloria seufzte erneut, es kam ihr vor, als müsste sie sich
rechtfertigen, er sagte: »Ich bitte dich nur, mir zu erzählen, was geschehen ist«, also erzählte sie, wie sie sich im
Bus mit Stella auf dem Schoß hingesetzt hatte, auf dem
Rückweg vom Park an der alten Stadtmauer, die Kleine

kommentierte, was sie durch die Scheibe sah, sie trug einen winzigen, zerknitterten Rock, ihr Lieblingsjäckchen (sauber, aber mit Flecken, die wieder und wieder in der Maschine gewaschen worden waren) und nicht zueinander passende Strümpfe, sie hatte ihre Spange verloren und ihr Haar in den Springbrunnen getaucht. Ein Mann im Mittelgang hatte den Kopf geschüttelt. Er hatte Stella angesehen und den Kopf geschüttelt.

Samuel fragte: »Und?« Samuel versuchte zu verstehen. Samuel war besorgt und versuchte zu verstehen.

»Ich hab ihm gesagt, dass er mich mal kann.«

»Einfach so?«

»Er war ein Vorwurf auf zwei Beinen.«

Der Typ hatte Überraschung vorgetäuscht und dann gesagt, dass sie übergeschnappt sei, dass sie sich in Behandlung begeben solle, sie war aufgestanden, um auszusteigen, und der Bus hatte gebremst, sie hatte Stella auf dem Arm gehabt und die Picknicktasche und die Wasserflasche, sie hatte gesagt »Verdammtes Arschloch«, das sagte sie gern, »Verdammtes Arschloch«, der Typ hatte ihr zugerufen: »Ihre Kleine da tut mir leid«, aber das ließ Gloria Samuel gegenüber aus, sie war einfach stinkwütend gewesen, der Bus hatte gebremst und der Mann, der vor dem Fahrgastpublikum den beleidigten Gentleman spielte, hatte sie absichtlich und hinterhältig geschubst oder sie nicht gestützt, das ist das Gleiche, sie trug die Kleine und die Picknicktasche und die Wasserflasche, sie hatte sich gestoßen und der Typ hatte nichts getan, um ihr zu helfen.

»Alle waren auf meiner Seite.«

»Alle?«

»Die Leute im Bus. Sogar der Fahrer. Also habe ich dem Kerl auf die Schuhe gespuckt. Das war alles, was ich machen konnte, mit der Kleinen auf dem Arm und der Picknicktasche und der Wasserflasche. Ich bin ausgestiegen und eine Frau hat mich zur Apotheke begleitet.«

»Ich mache mir Sorgen um dich«, erklärte Samuel.

Und dann suchte er das Wörterbuch.

Aber Gloria hatte über die Definition nur gelacht.

»Es ist nicht, wie du denkst, Liebster, das hat nichts damit zu tun. Die anderen sind es, die grässlich sind.«

## 31

Der erste Schultag ist vorbei. Sie essen in der Küche zu Abend, Gloria lässt den Ofen an, denn die Abende in Kayserheim sind kalt. Sie stellt den Mädchen Fragen. Loulou berichtet zusammenhanglose Einzelheiten.

Sie sagt:

»Ich habe meine Schere verloren. Ich habe sie in Mathemantik gebraucht.«

»Mathematik.«

»Ich glaube, das blonde Mädchen hat sie mir weggenommen.«

»Welches?«

»Sie heißt Deodora. Aber sie sagt nein.«

»Sie sagt, dass sie nicht Deodora heißt?« (Ein verschwörerisches Augenzwinkern zu Stella, ein Versuch, der missglückt.)

»Nein, sie sagt, sie hat meine Schere nicht geklaut.«

»Ich kaufe dir eine neue.«

»Und auf dem Hof habe ich eine neue Freundin gefunden.«

»Und wie heißt sie?«

»Miami, glaube ich.«

Loulou plappert weiter, sie verlieren schließlich den Faden. Als sie zum Beispiel sagt, dass sie ihren Nachbarn mit dem Sägewerk, den alten Buch, im Schulhof mit einer Maske über dem Gesicht gesehen habe, hört keiner richtig zu, Stella fragt: »Eine Tigermaske oder eine Wolfsmaske?«, und Loulou antwortet: »Nein nein, eine weiße Maske wie die von Ärzten.« Sie führt aus: »Du weißt schon, wie die Masken, die man in Krankenhäusern trägt, um keine Krankheiten zu bekommen.« Glorias Lächeln ist gutmütig und unaufmerksam, versponnen. Niemand kann sich durchgehend auf das konzentrieren, was kleine Kinder erzählen. Das ist wie eine Art weißes Rauschen. Ein gleichmäßiges Hintergrundgeräusch.

Stella hingegen spricht immer noch nicht mit ihrer Mutter. Sie steht früh auf, um den Bus zu nehmen, lehnt Regenschirme ab (und es regnet in diesem Kaff manchmal wirklich in Strömen), lässt ihren Pony mit jugendlicher Freude an haariger Provokation wachsen, was sehr unpraktisch wirkt (sie sieht nicht mehr viel), aber es soll nur einer wagen, etwas dagegen zu sagen, in diesem Alter hat man kein Verhältnis zu praktischem Nutzen, sie macht ihre Hausaufgaben in ihrem Zimmer und nicht mehr in der

Küche wie noch im Jahr zuvor, sie zankt weiter mit ihrer Schwester und beschützt sie, spielt mit ihr, willigt, ohne sich lange bitten zu lassen, ein, Quartett zu spielen, und wenn Gloria mitspielen will, hat sie nichts dagegen einzuwenden, aber die Partie verläuft mit einigen »Frag Mama, ob sie den Vater der Klempnerfamilie hat«.

Gloria versucht sich einzureden, dass das schon vorbeigehen wird. Sie hat sich für den Augenblick gewappnet, da ihre Töchter sich für sie schämen, zehn Meter hinter ihr gehen, sie auffordern, sie zwei Straßen von der Schule entfernt abzusetzen, wenn Küsse sie in Verlegenheit bringen, sie sich ihnen so schnell wie möglich entziehen und ihre Mutter als prähistorisches, kaum funktionstüchtiges Wesen betrachten. Trotzdem verletzt sie diese Feindseligkeit.

Am Abend, nach dem Essen, als Gloria ihren Töchtern gerade die Vorzüge von Clementinen und Obst im Allgemeinen anpreist, obwohl Stella auf die Tischdecke starrt und mit Zeige- und Mittelfinger auf die Platte klopft, und Loulou, konzentriert auf das alte Nintendogerät ihrer Schwester, gar nicht erst zuhört, klopft es an die Haustür. Diese führt direkt in die Küche. Gloria zuckt zusammen. Erschrocken reißt sie die Augen auf. Sie wird wieder die Pionierswitwe, die allein mit ihren beiden Töchtern auf einer kleinen Farm mitten in Nebraska hockt. Stella bemerkt die Reaktion ihrer Mutter und seufzt lauter als sonst, entnervt. Sie steht auf, um zu öffnen. Es ist der alte Buch. Er wirkt verstört. »Kommen Sie rein«, sagt Stella, »es ist kalt.« Er macht einen Schritt in die Küche, Stella kann die Tür schließen. Er wirkt benommen. Gloria fragt, ob es ihm gut gehe.

»Nein. Es geht mir nicht gut.«

»Setzen Sie sich, Monsieur Buch. Was ist los?«

Aber der alte Buch bleibt stehen.

»Sie haben sie vergiftet«, entgegnet er.

»Wer hat wen vergiftet?«

»Meine Kleinen.«

»Ihre Kleinen?«

»Meine Hunde.«

»Man hat ihre Hunde vergiftet?«

Er schaut sich um, als ob er den Ort, an dem er sich befindet, in Zweifel ziehe, als ob er sich frage, ob er wirklich bei seiner Nachbarin ist, denn die Frau, die ihm diese Fragen stellt, scheint durch und durch begriffsstutzig zu sein.

Als Gloria seine Verzweiflung bemerkt, steht sie auf, nimmt eine Jacke vom Haken, schlüpft hinein und zieht den Reißverschluss hoch, bereit, die Sache in die Hand zu nehmen.

»Wie schlimm ist es?«

»Sie sind tot. Ich habe sie hinter dem Sägewerk vergraben.«

Sie lässt die Arme sinken.

»Rufus und Raoul waren schon tot. Romuald lag im Sterben. Ich habe ihn erlöst.«

Gloria gibt Loulou ein Zeichen zu verschwinden.

»Schatz, du darfst einen Zeichentrickfilm anschauen, bevor du schlafen gehst.«

»Wirklich?«, fragt das Kind und taucht aus seinem Spiel auf.

»Ja ja. Wir sagen dir Bescheid, wenn du abschalten und zum Zähneputzen hochgehen sollst.«

»Spitzenklasse.«

Die Kleine macht sich aus dem Staub. Erleichterung. Erneute Konzentration.

»Was ist passiert?«

»Gegen siebzehn Uhr bin ich aus dem Haus gegangen, es war fast dunkel. Aber ich habe etwas im Hof gesehen. Ich hab geglaubt, dass es Kleidung und Stiefel sind. Ich dachte, dass einer der Kerle sie vergessen haben muss, als er in seinen Laster gestiegen ist, also wollte ich sie holen, weil ich dachte, dass es regnen könnte und er sich freuen würde, sie morgen trocken vorzufinden. Da habe ich gemerkt, dass es Rufus war, der ganz steif im Hof lag. In dem Moment habe ich Romuald im Zwinger jaulen gehört.«

»Im Zwinger.«

»Es ist ein altes Anwesen. Es gibt einen Zwinger, einen Stall, einen Brotofen, Nebengebäude. Einen Haufen Sachen.«

»Und Sie leben die ganze Zeit allein dort?«

»Ja.«

Er scheint zu verstehen, was sie damit andeuten will.

»Das ist kein Problem, solange niemand meine Hunde umbringt«, wirft er ein.

Gloria steht regungslos an der Tür, in ihrer zu großen blauen Daunenjacke, übersät mit winzigen weißen Federn. Stella mischt sich ein:

»Und sie haben sich nicht vielleicht durch Pilze oder Gräser vergiftet, oder etwas in der Art?«

Der alte Buch würdigt sie keines Blickes.

»Sie sind nicht dumm«, sagt er.

Der alte Buch lässt sich auf den Stuhl fallen, den Loulou freigegeben hat. Er rasiert sich nicht oft, und seine Gesichtshaut wirkt durch den Schnaps wie gebrannt, aber seine Augen sind lebhaft und er spricht mit der Autorität eines Mannes, der sein ganzes Leben mit Tagelöhnern gearbeitet hat.

»Das waren bestimmt die kleinen Bastarde dieser Lumpensammler. Auf der Straße nach Bottenbach gibt es Lager. Sie wissen nicht, wie man Kinder erzieht. Die wachsen wie Unkraut. Und meine Hunde mögen diese Blagen nicht besonders. Sie beißen, wenn sie sie treffen. Sie hindern sie daran, Werkzeug aus dem Sägewerk zu stehlen. Also hassen die Kinder sie natürlich. Und es sieht den Zigeunern ähnlich, Tiere zu vergiften. Wenn sie könnten, würden sie uns alle vergiften.«

Gloria will sich diesen Hass nicht ins Haus holen. Das ist, wie den Winter hereinzulassen, ihm zu erlauben, sich auszubreiten, das Feuer zu löschen und alles im Schnee versinken zu lassen. Es ist inzwischen sechs Jahren her, dass sie ihre eigene Wut aufgegeben hat, um jemand zu werden, der einwandfrei zivilisiert und höflich ist. Jemand der Oh, Entschuldigung sagt, wenn man ihn anrempelt. Sie will den alten Buch am liebsten rauswerfen.

Stella sagt:

»Sie hätten die Polizei rufen können, Monsieur Buch, wenn Sie die beiden nicht vergraben hätten. Nun müssten Sie sie ausgraben ...«

»Kommt nicht in Frage.«

»… um die Ursache zu finden.«

Der alte Buch springt verärgert auf und sagt:

»Bevor ich zum Zwinger bin, habe ich neben der Pumpe im Hof Raoul gefunden, er war tot. Raoul war ein Lieber, und ihn da so leblos in seiner Kotze liegen zu sehen … Romuald hat sich im Schutz des Zwingers die Seele aus dem Leib gespien. Er hatte starke Krämpfe. Er hat mich angeschaut, als könnte ich ihn retten. Was hätte ich denn tun sollen?«

Er breitet die Arme aus.

»Was hätte ich denn tun sollen?«

Er fährt herum und geht hinaus.

Er ist außer sich vor Wut. Und tief unglücklich. Er öffnet die Tür, wirft sie hinter sich zu, sie rastet nicht ein, Stella schließt sie und sagt:

»Er hat sie selbst umgebracht.«

Gloria staunt nicht schlecht. Aber Stella fügt dem nichts weiter hinzu, geht nur ins Wohnzimmer, um ihrer kleinen Schwester zu sagen, dass sie ins Bett gehen soll.

Am nächsten Morgen, als der Raureif das Gras glitzern ließ und der Rauch des Hauses steil in den frühen Tag stieg, beobachtete Gloria vom oberen Stockwerk aus ihre älteste Tochter, die, fest in ihre Jeansjacke gewickelt, die Nase im Schal verborgen und den Rucksack über einer Schulter, auf dem Weg zur Bushaltestelle über die Wiese lief und das Tor mit der Schulter aufdrückte, um ihre Hände nicht aus den Ärmeln zu nehmen. Gloria bedrückte dieser Anblick so sehr, dass sie eilig die Treppe runterlief, auf die Veranda stürmte, Stellas Namen rief, und ihr, als diese nicht reagierte und weiterging, nachrannte, Loulou mit ihrem letzten Stück Waffel im Mund hinter sich herziehend; Gloria sagte: »Ich fahre dich«, Stella schüttelte den Kopf, aber Loulou übernahm es, sie umzustimmen: »Komm, Stella, komm.« Stella schaute ihre durchgefrorene kleine Schwester an, die im kalten Gras zähneklappernd auf der Stelle hüpfte.

»Warum zittert man, wenn einem kalt ist?«, fragte Loulou.

Schließlich stiegen sie alle drei ins Auto und fuhren zur Schule.

Von der Rückbank aus, wo sie im lauten und schlecht riechenden Gebläse der Heizung saß, sagte Loulou:

»Heute Nacht habe ich die orangene Frau wieder gesehen.«

Stella, die vorne saß, drehte sich zu ihrer kleinen Schwester um.

»Wie das?«

»Ich bin aufgestanden, um Pipi zu machen, ich wollte Mama nicht wecken, also bin ich allein auf die Toilette gegangen, und als ich zurückkam, stand sie im Flur.«

»Hattest du das Licht angemacht?«

»Mein Nachtlicht war an und ich hatte meine Lampentasche mitgenommen.«

»Deine Taschenlampe.«

»Meine Taschenlampe.«

»Und was hat sie gemacht?«

»Sie kam auf mich zu, sie hatte komische gelbe Haare, und sie hat die Arme ausgestreckt und Sachen gesagt, ich weiß aber nicht was, ich habe nichts verstanden.«

»Hattest du Angst?«

»Nein, weil sie mir nie wehgetan hat.«

»Siehst du sie oft?«, fragte Gloria und betrachtete das Gesicht ihrer Tochter im Rückspiegel.

»Manchmals.«

»Manchmal«, korrigierte Gloria.

»Manchmal.«

Stella wandte sich an ihre Mutter und stieß zwischen den Zähnen hervor:

»Und das beunruhigt dich nicht?«

»Was?«

»Es beunruhigt dich nicht, dass sie orangefarbene Geister sieht?«

»Ach, du sprichst wieder mit mir, um mit mir zu schimpfen?«

Stella starrte ihre Mutter mit Verblüffung und Wut in den Augen an, während sie zu Loulou sagte: »Wenn du sie das nächste Mal siehst, weckst du mich.«

»Okay, verstanden«, antwortete Loulou und schaute hinaus.

Dann, nach einer Weile, fügte sie hinzu: »Sonst können wir auch eine Toilette in mein Zimmer stellen, so wecke ich keinen auf und sehe auch die orangene Frau nicht mehr.«

Gloria lächelte. Stella verzog das Gesicht.

Nachdem sie die Mädchen abgesetzt hat, fährt Gloria einen Umweg nach dem anderen. Stella war so unausstehlich, dass sie ein paar Kilometer braucht, um sich zu beruhigen. Stella und ihr vorwurfsvolles Schweigen, Stella und ihre Ironie, Stella und ihre Feindseligkeit, wie soll man da mit ihr umgehen, sie würde sie gern anschreien,

All das tue ich für dich, ich habe es für dich getan, für euch, was glaubst du denn, was ich für eine Mutter bin, verdammt? Für wen hältst du mich?, und Gloria fährt durch die Landschaft – oh, mein Gott, der Herbst im Elsass verdirbt ihr die Laune, das liegt auf der Hand, die Farbe der Bäume, die den Übergang zum Winter markiert, Gloria hasst den Winter, sie hat sich schon immer gefragt, wie man den Winter überstehen soll, und sobald der stürmische März zurückkehrt, wird sie wiedergeboren; es ist nicht normal, den Winter jedes Jahr wie einen kleinen Tod zu erleben, und dann hat dieser Winter im Osten nichts mit dem Winter im Süden zu tun, sie fürchtet ihn, wappnet sich, sie spürt, dass ihr vom Sommer am Seeufer bald nur noch ein blendender Lichtfleck bleibt, ein verschwommenes Überbleibsel auf der Netzhaut, das die Sicht einschränkt; Gloria stellt das Radio so laut wie möglich, um nicht an die Vergänglichkeit dieses schönen Sommers allein mit den Mädchen zu denken, aber man hört nichts, der Empfang ist schlecht, bei jeder Kurve wechselt der Sender, manchmal hört sie Deutsch, dann wieder Französisch, es ist ihr egal, auch das Rauschen stellt sie auf 80 Dezibel. Sie bemerkt dennoch, dass das Licht außergewöhnlich schön ist, gleißend auf den raureifüberzogenen Weinstöcken, also denkt sie, Es geht mir eigentlich gar nicht so schlecht, alles ist normal, es gibt nichts mehr zu befürchten, es ist, wie eines Morgens aufzuwachen und festzustellen, dass die Wunde am Bein vernarbt ist, sie sieht weniger schrecklich aus, weniger nach Schützengrabenverletzung, die Farbe wechselt von Violett zu Blau zu Grün zu Gelb, das ist beruhigend, sieht nicht mehr ganz so heftig aus.

Doch es gibt noch einiges zu befürchten, erinnert sie die kleine ängstliche Stimme, die sich in einem winzigen Fach ihres Gehirns versteckt hält, nur, weil man flieht, ohne eine Adresse zu hinterlassen, heißt das nicht, dass alles Geschehene damit ausgelöscht ist.

Gloria hört nicht auf die kleine Stimme, ausnahmsweise schafft sie es, sie reden zu lassen, ohne ihr zu viel Beachtung zu schenken, sie ist also ehrlich überrascht, als sie den Weg erreicht, der zum Haus führt, und bremsen muss, um ein Taxi herauszulassen, das zweifellos jemanden am Ende der Allee auf dem Splitt des Hofes abgesetzt hat. Die metallgraue Limousine rutscht leicht weg. Der Fahrer will beweisen, dass er schalten kann, ohne zu kuppeln. Er nickt ihr zu und fährt wieder Richtung Kayserheim. Jeder hat eben Spaß, wie er kann, denkt Gloria flüchtig.

Dann, eine Sekunde später, erfasst sie die Panik. Beide Hände am Lenkrad, gerunzelte Stirn, aufgerissene Augen und ein aschfahles Herz.

Sie fragt sich, warum er mit dem Taxi gekommen ist. Als ob sich etwas abzeichnen würde, wenn sie auf die Frage eine Antwort findet. Warum zum Teufel ist er mit dem Taxi gekommen? An dieser Entscheidung gibt es etwas zu begreifen. Aber Konzentration und Schock sind schwer zu vereinbaren. Was hat er nur mit seinem Mietauto mit dem Kennzeichen von Seine-Maritime gemacht?

Glorias Herz trommelt gegen ihre Brust - erinnern Sie sich, das Trommeln zu Beginn einer Schlacht ist das Zeichen, dass das Feuer eröffnet wird, passt das nicht perfekt? Gloria ahnt, dass es ein entscheidender Moment ist (wegen ihres trommelnden, blutleeren Herzens), sie denkt, Oh,

ich habe mich heute Morgen nicht passend angezogen, sie
trägt eine Jeans, die seit mindestens einer Woche reif für
die Wäsche ist, einen Pulli voller Fusseln und die grässliche blaue Daunenjacke, die aussieht wie ein Schlafsack,
sie denkt, Und warum hat mir heute beim Aufwachen niemand Bescheid gegeben, dass es ein bedeutender Tag wird
und ich ihn mit passendem Pomp begehen sollte; bei lau-
fendem Motor, bereit zum Wegfahren, während der Aus-
puff vertikal Kohlenmonoxid in die klare Luft schwitzt,
denkt Gloria, Nein, ich kann ihm jetzt nicht begegnen,
wer wird Loulou abholen? Und wer wird Stella beruhigen?
Nein nein nein, ich will ihn hier nicht haben, ich will nicht,
dass er hier ist, wenn sie nach Hause kommen.


## 32


Es wurde besser. Samuel kam daraufhin abends früher
aus der Werkstatt. Diese Veränderung hätte Gloria verärgern können oder ihr ein schlechtes Gewissen berei-
ten – die Überzeugung, dass ihre schlechte Laune Samuel
aus dem Haus trieb. Aber sie hatte beschlossen, die kleine
Stimme in ihrem Kopf zum Schweigen zu bringen.
Keiner von beiden hatte aufgehört, mehr zu trinken, als
gut war, Samuel hatte behauptet, dass Paare, die gemein-
sam trinken, lange zusammenbleiben, er hatte nicht
gesagt lange, er hatte gesagt »für immer«.
Gloria stellte immer wieder fest, dass ihr Gedächtnis sie
im Stich ließ – wenn ein Streit vorbei war, wusste sie nicht

mehr, welcher Funke das Pulverfass zum Explodieren gebracht hatte, obwohl es von grundlegender Bedeutung war, davon war sie überzeugt, zu wissen, wie der Groll, den man hegt und pflegt, sich entfaltet und strahlt. Warum lag ihr im Übrigen so viel daran, von Samuel gehasst zu werden? Um danach sagen zu können: Voilà, ich habe einen Mann, der mich hasst?

Aber in Wahrheit stritten sie gar nicht so oft. Samuel gab rasch nach. Kurz versuchte er, sich zu rechtfertigen, dann wurde ihm klar, dass sich rechtfertigen bedeutet, Schuld einzugestehen, und er beendete auf der Stelle die Diskussion; dann beruhigte Samuel Gloria, nahm sie in den Arm, wenn er sich ihr denn nähern konnte, ging flüsternd auf sie zu wie auf ein widerspenstiges Tier, oder er ging hinaus, wartete, bis das Tiefdruckgebiet sich aufgelöst hatte, besuchte einen Kumpel, musste nur eine oder zwei Stunden rumbringen, und wenn er wieder auftauchte, hatte sich die Luft geklärt, der Zyklon war weitergezogen.

Wenn diese unruhigen Zeiten ihren Höhepunkt erreichten, wurde sie mit einem Mal wieder friedlich. Sie zog an den Zügeln. Wenn Stella in der Schule war, ging sie wieder am Meer joggen. Oder sie durchsuchte die Immobilienanzeigen. Wegen Pietro. Pietro liebte die Immobilienanzeigen. Er hatte so eine Manie, den Ort, an dem man wohnt (oder wohnen will), unbedingt als Ausdruck unseres tieferen Selbst zu sehen. Wenn Gloria ihn besuchte, zeigte er ihr, was er ausgesucht hatte, er argumentierte, Das ist absolut das Richtige für euch. Und fügte hinzu, Ich habe ohnehin nicht die Mittel.

Katzenlächeln.

»Los, ich lad dich zum Essen ein, meine Schöne.«

Wenn sie die Dinge aufgelistet hätte, die sie an einem Tag erledigte, wäre das leicht deprimierend gewesen, so wenig geschah in ihrem Leben. Aber in ihren ruhigen Zeiten stellte sie der Gedanke zufrieden: Jeden Tag etwas Neues und mehr gute Momente als schlechte.

Das tägliche Neue war einfach zu finden: eine unbekannte Speise im neu eröffneten Restaurant am Meer, ein Buch oder ein Film. Sie wusste, dass diese Abmachung mit sich selbst mehr oder weniger Schummelei war; wirklich neu wäre gewesen, den Obdachlosen, der neben dem Supermarkt campierte, nach Hause einzuladen, ziellos durch die Gegend zu fahren, mit Stella unerlaubt die Katakomben von Paris oder Rom zu erkunden, oder sie ganz einfach mit zu einer Veranstaltung zu nehmen – sie fand nie die Zeit dazu –, die Insel Sainte-Marguerite direkt gegenüber von Vallenargues zu erkunden, die Insel der Eisernen Maske, Flugtickets nach Mexiko zu kaufen, einen Kaninchenstall auf dem Dach zu bauen, auf dem Giebel des gleichen Dachs zu laufen, die Wohnung blau zu streichen oder auch nur manche Wände, sich sinnlose Wörter auf die Waden tätowieren zu lassen, die Badewanne mit Sprudel zu füllen und sich hineinzusetzen, mit Stella die Esel zu besuchen, die in den ausgetrockneten Gräben der Zitadelle lebten, ihnen Karotten oder Radieschenblätter zuzuwerfen, ihnen Namen zu geben (den Eseln), du bist Paulo, du bist Johnny, du bist Pamela, für eine Minute und zwanzig Sekunden auf der Stadtmauer zu stehen und die Luft anzuhalten, mit geschlossenen Augen am Strand zu liegen, bis die Sonne untergeht, aber nicht einzuschlafen, auf keinen Fall einzuschlafen, den Sandflöhen lauschend und den anderen kleinen Tierchen, die einen, da man so lange regungslos liegen bleibt, für ein Mineral halten, und auch den Ratten, ja, Verzeihung, sie tauchen immer bei Sonnenuntergang auf, sie quieken, aber weder Gloria noch Stella hatten Angst vor den Ratten, die über den Sand rannten.

Was die Einordnung der guten und schlechten Momente betraf (und all derer, die neutral sind), hing das vollständig von ihrer Stimmung ab. Stellas wildes Wesen beispielsweise (sie riss einem etwas aus den Händen, rollte mit den Augen, wenn man mit ihr sprach, schmollte ein ganzes Wochenende lang, sprach mit einem, als wäre man einer ihrer Bediensteten, zog Grimassen wie ein Teenager (mit herausgestreckter Zunge und sichtbarem Zahnfleisch)) konnte sie unerträglich finden, oder, sobald der Wirbelsturm vorüber war, in Betracht ziehen, dass es ein Zeichen ihrer unerschütterlichen Ehrlichkeit war, wenn Stella ihren Eltern so wenig Aufmerksamkeit, Streicheleinheiten und Liebesbekundungen schenkte. Sie beglückwünschte sich zu einer so selbstständigen Tochter und sorgte sich dann, weil sie es ablehnte, zum Judo begleitet zu werden. Stella war inzwischen acht Jahre alt. Sie war loyal, resolut, großzügig, aber auch ein stilles und nachtragendes Mädchen, wütend, einen Hauch selbstgefällig, das gerne Stephen-King-Bücher las, Ringen und Rugby im Fernsehen sah, mithilfe ihres Mp3-Players allein Englisch lernte und in ein Heft die Texte von Songs schrieb, die sie mochte – East Coast Rap – sie wusste, dass sie intelligenter war als die meisten ihrer Klassenkameraden, woran sie sie anfangs auch regelmäßig erinnerte, eine unwirksame Methode, die sie schließlich aufgab, um sich mit den beliebtesten Mädchen und Jungen der Schule abzugeben.

Als Gloria bemerkte, dass sie erneut ein Kind erwartete, fürchtete sie, auch wenn sie es nicht so deutlich ausdrückte, dass dessen Erziehung ebenso »anspruchsvoll« werden würde wie Stellas.

Die erste Person, der sie sich anvertraute, war die in ihrem Umkreis, die sie ihrer Ansicht nach am besten beraten konnte: Pietro Santini.

Samuel wäre natürlich außer sich vor Freude und würde das Ereignis feiern wollen; Onkel Gio wäre fatalistisch eingestellt und würde nur sagen: Wenn es das ist, was du willst.

(Ich kann nicht anders als anzumerken, dass Gloria keine Freunde hat. Jeder Versuch, sich den anderen Müttern vor dem Schultor anzunähern, schlug fehl. Ich lasse Sie selbst Ihre Schlüsse daraus ziehen.)

Pietro stand auf, um sie zu umarmen (sie waren in seinem Büro) und sagte schließlich zu ihr (obwohl er selbst keine Kinder hatte):

»Jedes Kind ist anders. Der Platz, den sie in der Familie einnehmen, ist im Übrigen entscheidend. Bei uns sagt man, dass der Älteste größer, stärker, aber auch schwieriger ist als die anderen – vielleicht, weil er seine Mutter eine Zeit lang für sich allein gehabt hat und er auf ewig einen starken Einfluss auf die Jüngeren ausüben wird.«

Er setzte sich wieder und fügte hinzu:

»Mach dir keine Sorgen. Ich bin mir sicher, dass dieses Baby hinreißend sein wird.«

Dann, wie nach kurzer Überlegung:

»Es hat ja auch nicht wirklich die Wahl.«

Und Gloria hatte ihm geglaubt, da er sich damit brüstete, als Korse und als Anwalt seine Mitmenschen gut zu kennen – hierzu sei gesagt, dass auch Onkel Gio und Samuel nicht einen Moment daran zweifelten, große Experten für die menschliche Seele zu sein. Am Ende war nur Gloria diejenige, die an allem zweifelte.

# III

## Die andere Lösung

## 33

Zu Anfang ist er äußerst freundlich, eine Berufskrank-
heit. Als sie entscheidet, aus dem Auto zu steigen, wippt
er auf der Veranda in einem Schaukelstuhl. Er trägt eine
bordeauxrote Samtjacke, eine Tweedhose, die ein wenig
zu kurz ist, und Socken mit Rautenmuster. So sieht wohl
seiner Vorstellung nach das Outfit für einen Kurzausflug
ins Elsass aus. Zu seinen Füßen ein Aktenkoffer, so dick
wie die Tasche eines Landarztes. Als er Gloria sieht, hört er
auf zu schaukeln, reißt die Augen auf: »Was für ein Glück,
dass ich dich hier finde«, steht auf, um sie mit weit geöff-
neten Armen zu empfangen, als ob sie bei ihm zu Hause
wären und nicht bei ihr.

»Meine Schöne, ich freue mich so, dich zu sehen.«

Sie sagt: »Du hättest Bescheid sagen können.«

»Du warst nicht zu erreichen«, stellt er richtig. »Das ist
unverzeihliche Geheimniskrämerei.«

Also steigt sie die Stufen hoch, lässt sich umarmen wie
ein Stück totes Holz, reißt sich zusammen, klopft ihm auf
den Rücken und bittet ihn ins Haus. Sie wird geschäftig,
reibt sich die Hände, lächelt, sie braucht einen Plan - sie
kann ihm etwas vorspielen, sie ist eine Frau -, sie schaltet
die Deckenlampe ein, in der Küche ist es düster, dann wieder aus, nicht nötig, alles auszuleuchten, sie erhitzt Wasser für einen grünen Tee - eine provokante Hommage an
Onkel Gio - und fragt ihn, ob er mit dem Zug gekommen
sei und ob dieser auch keine Verspätung gehabt habe.

Er nimmt am Küchentisch Platz und entgegnet: »Meine
Schöne, das haben wir doch nicht nötig. Wir sprechen

nicht über das Wetter, und auch nicht über Personenschäden auf den Gleisen. Wir haben Wichtigeres zu besprechen.«

Sie steht weiter mit dem Rücken zu ihm, während sie darauf wartet, dass das Wasser etwa siebzig Grad heiß wird, es tut gut, die Wassertemperatur zu schätzen, nur durch Schauen, dadurch gewinnt sie etwas Zeit, schließlich dreht sie sich zu ihm um, lehnt sich an den Geschirrschrank: »Und warum bist du hier, Pietro?«

Er zeigt ihr seine Handflächen wie eine weiße Flagge.

»Ach, meine liebe, liebe Gloria, sei beruhigt, niemand weiß, dass ich hier bin, und niemand weiß, was ich weiß.«

Und dieser Satz ist der Grund, warum sie bis zum Ende dessen gegangen ist, was sie nicht hätte tun sollen. Wie soll man ertragen, dass jemand zu einem sagt: Ich weiß besser, wer du bist, als du selbst. Ich weiß alles über dich?

## 34

Onkel Gio sagte: »Nichts geschieht über Nacht.«

Er sagte: »Versuche, dich nie so zu verhalten wie der Frosch aus der Parabel. Wenn man ihn in kochendes Wasser wirft, bringt er sich in Sicherheit; wenn man das Wasser stufenweise erhitzt, bemerkt er nichts. Erst wenn er bei lebendigem Leib verbrennt, stellt er fest, dass es zu spät ist.«

Er sagte: »Die Leute halten uns vielleicht für ein bisschen durchgeknallt. Aber zumindest legt uns keiner herein.«

Er sagte: »Vertrau niemandem. Dein Vater war viel zu vertrauensselig.«

Er sagte: »Pass gut auf deine Tochter auf. Sie ist eine leichte Beute, und es gibt einen Haufen Raubtiere da draußen.«

Er sagte: »Und glaub vor allem keinen Augenblick lang, dass Samuel dir helfen kann oder Pietro Santini dir in irgendeiner Weise unter die Arme greifen wird.«

## 35

Es war nicht weiter schwierig, er sprach von seinem Wagen, er sei in der Werkstatt, ein blöder Kratzer, also habe er einen gemietet, aber er mochte diese Art von Fahrzeug nicht, zu lasch, zu unpersönlich, »Ganz wie ein kontinentales Frühstück«, sagte er. Er war zufrieden mit seiner Formulierung, wie so oft. Und da er ein paar Akten habe bearbeiten wollen, habe er den Zug genommen. Zugfahren sei was Feines.

Sie dachte, dass sie schließlich doch über das Wetter und die Probleme des Schienennetzes sprechen würden, aber er wechselte das Thema.

Er sagte: »Ich weiß, dass es ein Unfall war.«

Er lächelte, aufmerksam, entwaffnend.

Dann sprach er über Samuel und den Brand und die Mädchen. Er wusste einiges, aber er war arrogant, er war viel zu arrogant, um zu begreifen, dass sie es war, die ihn an der Nase herumführte. Arroganz und Dummheit gehen oft miteinander einher: Niemand ist verletzlicher als derjenige, der sich für geschickter, schlauer und intelligenter hält als alle anderen. Sein toter Winkel sorgt für eine Art kognitive Trägheit. Hochnäsig wartet er ständig auf ein Kompliment, wie ein Seehund auf eine Sardine.

Und sie war wirklich dabei, ihn an der Nase herumzuführen, mit ihrem grünen Tee, ihrer Gastfreundlichkeit und ihrer Geduld. Sie nahm in der gekachelten Küche ihrer Großmutter ihm gegenüber Platz, an dem aus einer alten Bahnschwelle gezimmerten Tisch, und sagte: »Erzähl weiter, willst du ein Stück Joghurtkuchen, ich habe gestern mit Loulou einen gebacken, das ist im Moment das Einzige, was sie gerne isst«, sie hatte die Form aus dem Ofen geholt, der ihr als Vorratskammer dient, bis die Kuchen aufgegessen sind, und gedacht, Uff, ich habe Mascara aufgelegt, sie hasst es, ungeschminkt in den Krieg zu ziehen, sie nahm also ihm gegenüber Platz und schob zuerst ihre Hände unter ihre Achseln, merkte aber, dass diese Haltung wie ein Schutzpanzer wirkte, also sagte sie: »Ich weiß nicht, wieso ich so kalte Hände habe«, rieb sich die Handflächen und umschloss damit die Teekanne, »Ist dir auch sicher nicht kalt? Diese alten Häuser sind nicht leicht zu heizen.« »Es geht mir gut«, sagte er, »aber ich muss hier ein wenig Licht ins Dunkle bringen.« Sie schaltete wieder die Deckenleuchte an. Er ging nicht auf ihren Scherz ein. Er sagte, dass Onkel Gio tot sei. Sie sagte, dass sie das wisse. Er sagte, ja, natürlich wisse sie das, da sie ja die brillante Idee gehabt habe, die Bullen zu ihm zu schicken, sie hätten ihm in seiner Kanzlei in Nizza einen kleinen Besuch abgestattet. So etwas sei durchaus unangenehm, Polizisten, die ohne Ankündigung bei einem Anwalt auf-

tauchen, fordern, dass er seinen Termin abbricht, und, als
die Mitarbeiterin mit dem Pferdeschwanz, den glitzern-
den Ohrringen und den falschen Louboutins Einwände
erhebt, einfach an ihr vorbeigehen, die Tür zu seinem
Büro aufstoßen und sagen: Wir müssen Sie sprechen. Das
ist so peinlich. Zum Glück kannte er den Mandanten,
mit dem er gerade im Gespräch war, schon lange, und der
stand einfach auf und überließ den beiden Polizisten den
Platz, Ich komme am Freitag wieder, ich mache etwas mit
Ihrer Mitarbeiterin aus. Das ist wirklich peinlich, wenn
du nur wüsstest. Und das alles, um ihm mitzuteilen, dass
Lucca Giovannangeli tot sei und er seinen Besuch in Fontvieille am Tag des Ablebens des alten Mannes rechtfertigen solle. Und was hätte er da schon sagen sollen? Was
hätte er ihnen in dieser Phase des Gesprächs schon antworten können? Er wusste nicht mehr, worauf er vertrauen konnte – und für jemanden, der es sich lange Zeit
zur Aufgabe gemacht hatte, niemandem zu vertrauen, war
das fast komisch, oder tragisch, wie man es nimmt, und
das alles wegen ihr, der süßen Gloria Marcaggi, die nichts
Besseres zu tun hatte, als ihm die Bullen auf den Hals zu
hetzen, wie hätte er ahnen sollen, dass es so weit kommen
würde? Er habe schon vor längerem begriffen, wie sie die
Sache eingefädelt habe, und er sei zu dem Schluss gekommen, dass es sich um einen Unfall gehandelt habe, sicher
ein tragischer Unfall, aber ein Unfall, wenn Gloria also
mit ihren Töchtern spurlos verschwunden sei, dann weil
sie Angst bekommen habe, eine Sicherung bei ihr durchgebrannt sei (bei diesen Worten war ihr eine Glühbirne in
den Sinn gekommen, die hell aufleuchtet und dann mit

einem Knall erlischt), er habe geglaubt, Onkel Gio müsse
Bescheid wissen, wo sie sich verstecke, wenn es eine Person gab, der sie sich anvertraut haben könnte, dann war
es Onkel Gio, nicht wahr, also sei er den Alten besuchen
gefahren, aber sie solle sich nicht aufregen, er habe Glorias
Verschwinden nicht den zuständigen Behörden gemeldet,
er wollte, dass sie das unter sich regelten, auf faire Weise,
wie auf der Insel.

Als er von der Insel sprach, konnte Gloria nicht anders, als
mit den Augen zu rollen, sie hatte nie einen Fuß auf Korsika gesetzt, sie hörte nur seit ihrer Kindheit von diesem
Dorf in Castagniccia, als wäre es ein Ort außerhalb von
Raum und Zeit, außerhalb von Recht und Gesetz, dieser
ganze mythologische Heldenkult, Pascal Paoli, Colomba
und Yvan Colonna, aber Santini brachte sie freundlich
auf den Boden zurück, er sagte: »Das nervt dich vielleicht,
aber ich muss dich daran erinnern, dass du dich aus dem
Staub gemacht hast, als es dir zu heiß wurde.« Sie fühlte
sich unwohl, vielleicht ein wenig beschämt, sie sagte, dass
es guttun würde, ein wenig frische Luft zu schnappen, es
sei nicht mehr so kalt und draußen weniger feucht als
im Haus, das sei das Problem mit den alten Steinen, im
Sommer sei es kühl, aber nun unangenehm, sie müssten
ja nur die Teekanne mitnehmen und ihre Tassen, Willst
du noch ein Stück von Loulous Kuchen? Wir setzen uns
raus auf die Veranda, da können wir uns gut unterhalten, es ist schön, dass du gekommen bist, anfangs war ich
überrascht, aber es ist schön, dass du gekommen bist, und
die Mädchen werden sich freuen, dich zu sehen. »Ich weiß
nicht, ob ich bleibe, bis die Mädchen kommen«, begann

Santini. »Ich verbiete dir, ins Hotel zu gehen«, unterbrach ihn Gloria, das Tablett in den Händen, während sie mit dem Fuß die Tür aufstieß, damit sie ihren Tee draußen trinken konnten, umgeben vom beginnenden Herbst und seinem Duft nach Steinpilzen, seinen spektakulären Farben, in der frischen und noch milden Luft, so wohlriechend, Setz dich setz dich, wir sprechen später über das alles, ich fahre dich auf jeden Fall zum Bahnhof, aber nun bleibst du erst mal bei uns, du bleibst bei mir, und sie wischte die Organisationsfragen mit einer Handbewegung beiseite und stellte das Tablett auf dem kleinen Tisch ab. Also, erzähl mir, was mit Onkel Gio geschehen ist, denn ich habe mir da etwas in den Kopf gesetzt, Pietro, als ich erfahren habe, auf welch komplizierte Weise er zu Tode gekommen ist, das ist doch normal, versteh mich bitte, ich habe Angst bekommen, ich musste das erst mal verarbeiten. Und Santini in seiner Tweedhose und seinen Rautenstrümpfen lächelte sie an wie Cheshire Cat, er schaute sie an, als wollte er sagen: Damit kommst du bei mir nicht durch, meine Süße, aber er sprach es nicht aus und setzte sich neben sie, legte seine Schnürstiefel auf die Brüstung, sie warnte ihn: »Achtung, das Holz ist wurmstichig.« Folgsam nahm er seine Füße wieder herunter und schaute sie an, »Du bist so hübsch, Gloria, und ich glaube, du bist im Grunde wirklich nett.«

Bei dieser Bemerkung hätte sie in Tränen ausbrechen können – wie wenn man sich trotz Kummer zusammenreißt und ein Bürokollege einen freundlich fragt, »Geht es dir gut?«, man die Schleusen öffnet und anfängt zu weinen, zur Verzweiflung des Kollegen.

Und es war wirklich seltsam. Sie wollte die Hand nach Santini austrecken und sein Gesicht berühren, oder noch eher sein so perfektes graues Haar, oder den Samt seiner Jacke. Um sich irgendeiner Sache sicher zu sein. Es war beruhigend, ihn da sitzen zu sehen. So vertraut. Man schaut in sein eigenes Spiegelbild, das Gesicht ist einem so vertraut, dass alles natürlich erscheint. Wenn man ein Paar ist, zu zweit, ist es das Gleiche, oder wenn man jemanden so gut kennt, dass man ihn nur noch als Verlängerung des eigenen Körpers betrachtet. Aber etwas entging Gloria. Es war wie der Versuch, beim Kuchenbacken das winzige Stückchen Eierschale aus dem durchsichtigen und zähflüssigen und tückischen Eiweiß zu klauben. Das Stückchen entzieht sich. Es fordert einen heraus. Man nähert sich mit dem Finger und schwupps, ist es weg.

Sie gewann wieder Halt, es war Vormittag und sie musste die Sache bis zum Ende des Tages regeln. Wird es regnen?, fragte sie sich. In dieser Gegend fiel der Regen wie ein wundervoller Vorhang mit unendlich vielen Lagen. Fast bekam man den Eindruck, er falle in Zeitlupe und in ständig gleichem Rhythmus, wie ein Schweizer Uhrwerk. Schau, die Wassertropfen auf deinem schwarzen Regenschirm sehen aus wie Diamanten mit geschliffenen Kanten. Beinahe wie Quecksilberkugeln.

Doch der Himmel war klar, also hatte sie eine andere Idee.

»Bleib zumindest bis zum Mittagessen, ich koche dir was, und die Sonne scheint, also können wir am Seeufer essen, es ist so schön dort, sehr still, idyllisch, es wird dir gefallen, es ist gleich um die Ecke, wir können zu Fuß den klei-

nen Weg entlanggehen.« Sie lächelte ihn zärtlich an – sie
musste sich fast nicht verstellen –, manchmal muss man
improvisieren können.

36

Gloria hatte den ganzen Tag auf Samuel gewartet. Sie
hatte gehofft, er würde früh nach Hause kommen. Sie
hatte ihm eine Nachricht hinterlassen: »Ich muss dir
etwas erzählen.« Sie dachte, dass er sie zurückrufen würde,
aber nein, sie war mit Stella allein geblieben, es war Samstag, Samuel war in der Werkstatt oder bei der Kundschaft,
wie er sagte, aber samstags versuchte er sonst, nicht so spät
heimzukommen, meistens am späten Nachmittag, und
führte seine zwei Prinzessinnen ins indische Restaurant
am Ende der Straße aus, sie bestellten Tandoori-Huhn,
Stellas Leibspeise, mit Kichererbsenreis und gingen dann
zusammen zur Uferpromenade, um sich ein Zitroneneis
zu kaufen, oder sie gingen nach Hause und schauten aufs
Sofa gekuschelt ein wenig öde Krimiserien, aber an diesem
Samstag hatte er nichts von sich hören lassen, sie hatten
also die Hausaufgaben fertiggemacht, waren bei Onkel
Gio vorbeigegangen, der zu Stellas Freude seine neueste
Errungenschaft eingeschaltet hatte (ein Ebenholzstock, in
dessen Knauf ein Orchester aus acht Schimpansen, ver-
kleidet als Tiroler, die *Oh When the Saints* im Kanon sangen),
und dann ein paar Einkäufe gemacht. Der Tag zog sich
in die Länge, und wenn sich der Tag in die Länge zieht,

kehrt Glorias schlechte Stimmung zurück; während Stella also versucht hatte, den Einkaufswagen mit explodierenden Keksen zu füllen –, das war ein Ausdruck von Onkel Gio, er meinte, dass industriell hergestellte Süßigkeiten wahre Chemiebomben seien –, hatte Gloria, ohne sich dessen bewusst zu sein, ja, ohne es zu merken, eine Flasche Gin gekauft, weil ihr Arm, als sie durch den Gang mit den Spirituosen gingen, ihr Arm also, während Stella, mit einer Hand am Wagen, so wie Kinder sich am Buggy der Jüngeren festhalten, erklärte, dass ihre Freundin Bouchra einen Paillettenpulli besitze, den ihre Großmutter ihr gestrickt habe, »Wie strickt man Pailletten, bringst du mir das bei, Mama?«, weil ihr Arm also mit beeindruckender Schnellkraft zum Regal mit dem klaren Alkohol geschossen war und schwupps, eine Flasche Gin geschnappt hatte (das Bild, das ihr im Nachhinein in den Sinn kam, war das der Zunge eines Chamäleons, das eine Fliege fängt), ich muss meine Unruhe in die Luft sprengen, ich muss mit mir ins Reine kommen, ja ja, ich höre dir zu, mein Engel, ja ja, ich werde lernen, wie man Paillettenpullis strickt, um es dir dann beizubringen, und Gloria ging es nicht gut an dem Tag, niemand hätte etwas anderes behaupten können, und wenn es einem nicht gut geht, muss ich wirklich daran erinnern, muss man so schnell wie möglich abschleifen, zuspachteln, das Loch stopfen.

Und sie dachte, Wie gern hätte ich, dass man mich in besserer Verfassung zu sehen bekommt, dass die Geschichte anders verlaufen wäre. All das in der Warteschlange der Supermarktkasse mit Stella, die die auf ihrer Höhe präsentierten Bonbons inspiziert, all das mit dem Gefühl, dass die Welt einstürzt, und die Gewissheit, dass man sie ausspioniert, sie beobachtet, sie filmt, Wie gern hätte ich, dass man mich in besserer Verfassung zu sehen bekommt, ich bin nicht die, für die ihr mich haltet, alles dreht sich im Kreis, sie dachte an den tröstlichen Gin, an ein tröstliches Bad, sie dachte, Wo ist dieser Trottel bloß wieder?, sprach mit Samuel, sie hält ihn natürlich nicht für einen Trottel, aber es tut ihr gut, so wie man laut flucht, wenn man sich verletzt, es verschafft einem Erleichterung, Verdammter Scheißdreck, schreien sie alle, weil es so wunderbar effizient ist, Onkel Gio nennt das »wettern«, er sagt: »Deine Mutter wetterte die ganze Zeit«, woraufhin sie sich manchmal dabei überrascht, wie sie sich ihre Mutter ausmalt (oder das, was sie sich unter dieser Frau vorstellte, die nun eine Frau in reifem Alter sein muss (und dabei stellte sie sich einen leicht überreifen Pfirsich vor), in ihrem Kopf aber so ist wie auf dem Foto, das ihr Vater immer in einem Rahmen auf der Kommode in der blauen Hütte stehen hatte, »Wir werden ja wohl nicht so tun, als hätte es sie nie gegeben«, da er ungeschickt umsetzte, wozu man ihm geraten hatte, »Deine Kleine darf nicht glauben, dass ihre Mutter ein Geist ist, sie muss sie sich vorstellen können«, und das nicht besonders gut gerahmte, ein wenig unscharfe Foto zeigt Nadine Demongeot vor dem Kayserheimer Haus mit Gloria auf dem Arm, winzig in ihrem Strampler, noch ohne Haare und richtiges Gesicht, und ihre Mutter schaut überrascht denjenigen an, der das Foto macht (Roberto), hält vorsichtig oder ängstlich den Kopf ihres Babys, damit der Nacken der Neugeborenen nicht abknickt, sie sieht hübsch aus, wie es unsere Mütter in jungen Jahren immer sind, sie sieht weder gleichgültig noch feindselig noch verärgert aus, sie sieht nur überrascht aus), Gloria stellt sich also diejenige vor, von der sie weiß, dass sie einmal ihre Mutter gewesen ist, und fügt eine dunkelgraue Wolke über ihrem Kopf dazu, eine Miene, die sich nie verzieht und Blitze und Sturmböen, die ihr Haar zerzausen. Und so ist es gut, sie weiß, was »wettern« bedeutet.

In der falsch gewählten Kassenschlange dachte sie – Fehleinschätzung, Zufall oder der böse Geist der Warteschlangen –, dass sie im gleichen Alter war wie ihre Mutter für immer.

Irgendwo, sicher weit weg von hier, gibt es diese Frau, die gealtert ist, die gelebt hat und gealtert ist, aber diese Frau ist nicht ihre Mutter. Sie ist eine Unbekannte, eine Unkenntliche, eine Frau, die sie durch das Fenster in einem brennenden Haus betrachtet. Das Haus steht in Flammen, aber das Zimmer, in das sich die Frau verschanzt hat, brennt nicht. Die Frau kneift die Augen zusammen, als versuche sie, ein weit entferntes Hinweisschild zu lesen oder ein Gesicht in der Menge zu erkennen. Die Frau kneift die Augen zusammen. Sie erkennt Gloria nicht wieder, genauso wie diese sie nicht wiedererkennen kann.

Glorias Blick war leer und an ihrer Hand hing ein kleines Mädchen, eine Verlängerung ihres rechten Arms, ein lebender Organismus und quasi unabhängig, sie sah so verloren aus, dass ihr der ältere Herr hinter ihr auf die Schulter klopfte, damit sie aufwachte und ihr Leben weiterlebte – die Einkäufe ablegen, Stella daran hindern, auf die Metallschranke zu klettern, die eine Schlange von der anderen trennt, warten, überprüfen, ob sie nicht die Kundenkarte des Ladens besitzt, bezahlen, einpacken, gehen.

Gloria ging nach Hause, gab Onkel Gios Anweisung folgend zwei Tropfen Mandarinenöl auf ein Taschentuch, hielt sich das Taschentuch unter die Nase, während sie einhändig Stellas Essen zubereitete, fügte dann noch zwei Tropfen und dann noch zwei Tropfen hinzu, so dass Stella fragte: »Hast du Schnupfen, Mama?« und die Wohnung schließlich roch wie ein ganzer Mandarinenhain. Gloria setzte Stella vor ihre Zeichentrickserien und die Kleine versank, verschluckt vom Fernseher; Gloria betrachtete einen Moment lang die Wohnungstür und riss sich dabei Hautfetzen vom Rand des Daumennagels, ging dann auf den Balkon, wo sie sich Samuels Leben ohne sie vorstellte, er wäre nicht in seiner Werkstatt, um an Möbeln zum Weiterverkauf zu basteln, er wäre woanders, mit einer großen Blondine, sie sah ihn in der Sonne und nirgendwo sonst, er wäre in Mexiko, würde Waren schmuggeln, er würde sich in Gefahr begeben und sich stets der Schlinge entziehen, er würde vor Glück strahlen, er wäre ohne sie am anderen Ende der Welt und er würde strahlen, oder aber er wäre tot, und niemand würde ein Kind von ihm erwarten; dann fragte sie sich, wo sie wäre, wenn sie Samuel nicht getroffen hätte, wie zum Teufel die Welt ohne Samuel aussähe, ihr wurde übel, also dachte sie, Nicht schlimm, wenn ich was trinke, ich werde mich ohnehin übergeben, ging in die Küche, schraubte den Deckel von der Ginflasche und ging mit einem hübschen blauverzierten Glas wieder raus, Überhaupt kein Glas für Gin, hätte Samuel gesagt, sie setzte sich in den Schaukelstuhl, der so weit nach hinten kippen konnte, dass sie glaubte, ihre Haare würden den Boden berühren, was vielleicht keine gute Idee ist, wenn man schwanger und einem übel ist und man sich anschickt, sich einen hinter die Binde zu kippen, aber so ist das eben, man tut nicht immer, was das Beste für einen ist, das ist bekannt. Die Luft stand still, war kalt, es war schließlich Januar, der Himmel noch hell, aber bald wäre es Nacht, und Samuel war noch immer nicht zu Hause; in der Ferne hörte man die Wellen schwach ans Ufer schwappen, und die schrecklichen Möwen, die alles auf ihrem Weg auffraßen, die auf dem Balkon landeten, um sie anzuschreien und zu piesacken, die Möwen, diese Fleischfresser, sie dachte, Was ist nur los mit mir? Dann dachte sie erneut, Ich werde mich ohnehin übergeben. Sie stellte sich das kleine Mädchen vor, das sie erwartete, sie war sich sicher, dass es ein kleines Mädchen war, sie wusste, dass sie nie fähig wäre, etwas anderes zu fabrizieren als kleine Mädchen, das war offensichtlich, und auch wenn dieses bislang nur ein kleiner Zellhaufen war, der in seinem eigenen Kosmos schwamm, wusste Gloria, dass dieses Aufwallen, in sekündlich fortschreitender Entwicklung, von dem Moment, in dem ich diesen Satz beginne, bis zu dem Moment, wenn ich ihn beende (oder mir vorstelle, ihn zu beenden), schon wieder verändert, dass dieses Aufwallen nichts anderes werden konnte als ein kleines Mädchen.

Sie drehte sich zum Wohnzimmer, um durch die Glasfront einen Blick auf Stella zu werfen: Sie saß regungslos auf dem Sofa, ein Kissen auf dem Bauch, es wäre schier unmöglich, sie aus einer derart unterhaltsamen Sendung zu reißen. Das wäre grausam. Gloria fielen wieder die flüchtigen Augenblicke ein, in denen sie sich als Kind gewahr wurde, dass ihre Puppe kalt und aus hartem Plastik war, dass sie kein richtiges Baby war, weil ihre Mutter ihr es sagte, nicht wahr, sie sagte zu ihr, Warum schleppst du überall dieses harte, kalte Ding mit hin?, und diese Entzauberung hatte in der niederschmetternden Erkenntnis gegipfelt, dass sie nie in ihr eigenes Puppenhaus hineingehen oder darin einen Platz finden könnte. Sie hätte sich zu gerne in den englischen Sessel mit dem roten Samtüberzug gesetzt, gegenüber von dem so fein gezeichneten Feuer im zwei Zentimeter hohen Kamin. Sie würde auch kein Bad in der winzigen Sitzbadewanne nehmen oder die kleine Streichholztreppe hinaufgehen.

Warum will man diesen Zauber unbedingt zerstören?

Ihr kamen die berauschenden Momente ihrer Kindheit in den Sinn, als sie bis zur Erschöpfung rannte, überzeugt davon, schneller zu sein als alle anderen, sie rannte mit den anderen Kindern, deren Namen ihr entfallen sind, Nathalie? Stephanie? Sophie?, die Straße entlang, das war vor dem Verschwinden ihrer Mutter, sie rannten auf dem Weg zwischen der Schule und der Wohnung von Nathalie-Stephanie-Sophie auf dem Bürgersteig, ihre Mütter, bepackt mit Schulrucksäcken und Jacken, im Schlepptau, ihre Mütter, die gezwungen waren, sich zu unterhalten, auch wenn sie keine Lust dazu hatten, die eine gute Figur machen wollten und unsinnige Gespräche mit Frauen, die man nicht besonders mag, als Bestandteil von Mutterschaft ansahen; und die Kleinen rannten, sie rannten so schnell, dass sie stürzen, die Kurve nicht bekommen würden, weil man mit sechs Jahren nur schlecht um die

Kurve kommt, man muss sich an einem Baum festhalten, um erfolgreich die Kurve zu kriegen, oder aber man stößt sich an der Mauer, prallt davon ab, unsere Geschwindigkeit ist schlecht berechnet, wie soll man Geschwindigkeit aber berechnen, wenn nicht mit ein wenig Erfahrung, und wer hat mit sechs Jahren schon Erfahrung?, und die Kleinen lachten und rannten, Gloria war glücklich, sie rannte so schnell, dass die Sonne sie nicht schnappen und verbrennen konnte, so musste man es machen, schneller rennen als die Sonne.

Gut gut gut.

Und wann kommt Samuel endlich zurück?

Stella muss in die Badewanne, ich muss aus meinen Stuhl raus und ihr sagen, Das war die letzte, und sie würde mich nicht ansehen, aber Okay sagen. Ich vertraue ihr, Stella ist ein vernünftiges kleines Mädchen, und loyal, sie wird den Fernseher ausschalten, sobald die Folge, die ich als die letzte bezeichnet habe, vorbei ist, und von da an geschieht alles automatisch, ich bringe Stella ins Bad, schenke mir nach, gerate ins Wanken und gebe auf, also rufe ich wieder Samuel an und er antwortet immer noch nicht, und ich rufe an und rufe an und rufe an und das macht mich wahnsinnig, und Stella fragt, Wo ist Papa? und ich antworte, Er kommt heute Abend ein bisschen später nach Hause, während ich so tue, als hätte ich alles im Griff, was Stella schätzt, weil jedes Kind es schätzt, dass seine Eltern Kontrolle vorgaukeln, nein Schatz, die Welt geht nicht den Bach runter, aus dem Wasserhahn tropft es in eine Wanne in Bonbonrosa und es entsteht ein unregelmäßiges Ploppen, das mir auf die Nerven geht, Töte-dich töte-dich töte-dich, und ich denke, Die Tropfen spinnen doch, ich spinne, die Tropfen spinnen, die Tropfen spinnen. Ich höre Onkel Gios Stimme, die Bernanos zitiert, wenn ich ihm erzähle, dass ich manchmal glaube, verrückt zu werden, und mir das wie verrückt Angst macht, dass mich der Gedanke an Demenz entsetzt und ich gern mit »jemandem« darüber sprechen würde, aber er unterbricht mich, verdreht die Augen: »Selbsterkenntnis kratzt nur die Dummen«, wiederholte er oft.

Lange Zeit dachte ich, dass verliebt zu sein bedeutet, sich ein Leben ohne den anderen nicht vorstellen zu können und sich verzweifelt, tragisch, vergeblich zu wünschen, ihn für immer an sich zu binden. Der Andere sollte das Ende der Unruhe bedeuten, das Ende jeglicher Unzufriedenheit. Doch ich bin noch nie so unruhig gewesen wie heute.

Und dann ist es urplötzlich dreiundzwanzig Uhr.

Stella schläft in ihrem Bett. Gloria hat sie hingelegt. Sie erinnert sich nicht daran, aber sie hat sie hingelegt, das ist sicher.

Es ist dreiundzwanzig Uhr und Samuel taucht auf, sie hört den Schlüssel, obwohl er samstags sonst immer klingelt, damit Stella zur Tür rennt und ihm öffnet, aber er weiß, dass es spät ist, er weiß, dass er viel zu spät ist, also hat er ein breites Lächeln im Gesicht, als er ins Wohnzimmer tritt, die Arme beladen; Gloria wirft ihm vom Sessel aus, wo sie seit einer Stunde dieselbe Seite liest, einen Blick zu, auf dem Balkon war es trotz Alkohol und Wut zu kalt, sie ärgert sich, dass sie gestört wird, während sie einen Krimi liest und voller Angst ist, bald am Ende des Buches anzugelangen, weil sie denkt, dass für ein akzeptables Ende zu wenige Seiten verbleiben. Sie bereitet sich auf eine Enttäuschung vor.

»Schau, was ich dir mitbringe.«

Er ist fröhlich, sie klappt langsam ihr Buch zu, denkt, Wie soll ich meinen Groll aus dem Weg räumen?, genau so formuliert sie es in ihrem kleinen vernebelten Kopf.

»Hast du meine Nachricht bekommen?«, fragt sie so gelassen wie möglich.

»Nein. Ich habe mein Telefon in der Werkstatt vergessen und war den ganzen Tag auf Achse.«

»Auf Achse.«

»Warte, bis du siehst, was ich dir mitgebracht habe.«

»Ich dachte, du wolltest heute die Heizung in der Werkstatt reparieren.«

»Warte warte warte.«

Er stellt den Karton ab, reißt das Klebeband herunter. Seine Bewegungen sind hastig, kaum kontrolliert, Das wird immer schlimmer werden, denkt sie, er wird anfangen zu zittern, Gedächtnislücken haben, nicht mehr bemerken, wie böse ich auf ihn bin, wird nach und nach die Schotten dichtmachen.

»Stella hat auf dich gewartet.«

Er antwortet nicht, ist zu beschäftigt damit, sein Paket aufzureißen.

»Stella hat auf dich gewartet«, wiederholt sie lauter.

Er hebt den Kopf. Er hat eine leise Vermutung, dass sie sich nicht in ihrem Normalzustand befindet.

»Ich werde ihr einen Kuss geben«, sagt er.

Und dann holt er sein Mitbringsel aus dem Karton. Ein Reliquienschrein aus Elfenbein.

»Das kommt aus Skaralac, nicht weit von Sarajewo entfernt, und stammt aus dem 12. Jahrhundert.«

Sie ist verblüfft.

»Und das hier, siehst du, ist der Finger des heiligen Nikolaus.«

Er ist so stolz, dass er schließlich den bescheidenen Schlaufuchs gibt.

»Das ist natürlich eine Fälschung aus Wachs, auch wenn alle Welt so tut, als ob es die Überreste des echten sind ...«

Sie ist vollkommen verblüfft.

»Scheiße, wo hast du das her? Wie kannst du mir so etwas präsentieren, ohne zu glauben, dass das einfach WIDER-NATÜRLICH ist?«

Sogar jemand wie Samuel spürt, wenn die Lage nicht günstig für ihn ist.

»Hat wieder einer deiner Schergen eine Kirche geplündert, um dir einen Schatz mitzubringen? Findest du das NOR-MAL?«

Samuel blickt auf seinen Schatz, als ob dieser ihm verraten könnte, wie er diesen Fehltritt rückgängig machen kann.

»Soll ich dir was sagen? Ich hasse dieses Abgrasen, Aufstöbern, Aufsammeln, Abverkaufen.«

Das *Soll ich dir was sagen* klingt wie eine Verurteilung.

»Eineinhalb Jahrhunderte früher hättest du ohne einen Hauch von Gewissensbissen beim Sklavenhandel mitgemischt.«

Sie weiß, dass sie den Bogen ein wenig überspannt. Sie merkt es, sobald die Worte ausgesprochen sind. Aber so ist das Gesetz des Streits und der Wut. Es gilt, jedes Maß und jede Würde über Bord zu werfen.

Also packt er den Schatz wieder ein, tritt den Rückzug an, sagt: »Lass es gut sein.«

Aber sie ist nicht bereit, es gut sein zu lassen.

Er sagt: »Ich bin müde.«

Sie sagt, natürlich, nach einem so aktiven Tag bleibe es nicht aus, dass er erschöpft sei, sie dagegen habe den ganzen Tag über nichts gemacht, nur ein paar Einkäufe, Puzzle mit Stella, eine Wäsche, ein wenig Mathe und Grammatik, Kuchen aus Knete, sie hat auf ihn gewartet, sie haben auf ihn gewartet, nichts anderes haben sie getan, als zu warten, sie hatten einen aufregenden Tag, ja einen buchstäblich aufregenden Tag, und er war derweil mit seinen kleinen Deals beschäftigt, und nicht eine Sekunde lang war er auf den Gedanken gekommen, zu hören, wie es ihnen geht oder Bescheid zu geben, wie es ihm geht, weil es ihm im Grunde scheißegal ist, wie sie ihre Zeit füllen, während sie auf ihn warten, das spielt keine Rolle für ihn, solange er sich fröhlich seinen kleinen Deals widmen kann, aber gerade kommt mir ein Gedanke, vielleicht sollte er allein leben, ja, das ist eine gute Idee, er wird allein leben, eine nachsichtige große Blondine finden, wenn ihm das zusagt, und sich um nichts mehr Sorgen machen müssen, das ist doch die Lösung für all ihre Probleme, er soll abhauen, und dann wären alle zufrieden.

Er sagt: »Lass es gut sein.«

Samuel ist nicht die geeignete Person für Streit.

Sie sagt zu ihm, er soll abhauen, auch wenn es sie wahnsinnig macht, ihn gehen zu sehen.

Er ist bereits an der Tür, den Karton unter dem Arm, aber sie wird ihn nicht so leicht entkommen lassen, Wo willst du hin? Wirst du deinen beknackten Schatz nun beim Poker einsetzen?, sie fängt an zu weinen, vor Wut oder aus anderen Gründen, sie greift nach einem Zipfel seiner Jacke, er hat nicht einmal Zeit gehabt, seine Jacke auszuziehen, sie ist so weit, ihn zu schlagen, es ist lächerlich, ihre kleinen Frauenfäuste, die auf den Rücken ihres Mannes prasseln, er dreht sich zu ihr um, hält sie fest, lässt sie wieder los, hält sich zurück und geht, schlägt die Tür hinter sich zu und geht, sie reißt sie wieder auf, will am liebsten schreien, dass das typisch Mann sei, so zu verduften, sie mit der Kleinen allein zu lassen, aber er ist bereits im Aufzug, und mit einem Aufzug zu sprechen ist nicht ideal, um seine Wut loszuwerden, also schließt sie die Tür wieder, schlägt sie so fest zu, dass der Bilderrahmen an der Wand daneben runterfällt und zerbricht, es ist eine Kohlezeichnung von einer Mutter mit Kind, natürlich ein Geschenk von Samuel, sie bleibt von den Scherben weg, es steckt noch ein wenig Vernunft in ihr, in ihrem Zustand hat man sich von spitzen Glasscherben fernzuhalten, sie läuft hin und her, wirft einen Blick in Stellas Zimmer, die Kleine schläft mit ihrem Nachtlicht, das wandernde Formen an die Decke wirft, unter der Wange die beiden Hände zum Gebet gefaltet; sie weiß nicht, warum ihre Tochter so schläft, eine bezaubernde Allegorie des Schlafes, sie hätte gerne, dass der Anblick ihrer Tochter, ihr Geruch nach Unterholz, ihr tiefer Schlaf sie beruhigen, aber sie stimmen sie nur noch trauriger, eine Welle des Kummers schwappt über sie; sie weint noch heftiger, küsst die Kleine, streichelt ihr übers Haar, sie will sie nicht wecken und will, dass sie aufwacht, die Kleine befreit sich mit langsamen

Unterwasserbewegungen und Gloria denkt, Ich hab genug, ich hab genug, ich hab genug, man müsste seine verdammte Werkstatt in Brand setzen.


## 37

Hatte sie wirklich alles geplant, was an diesem Tag geschehen würde, oder handelte es sich nur um eine dieser Möglichkeiten, die uns unser Unterbewusstsein aufzeigt, wenn man zu oft und über zu lange Zeit eine Tür offen lässt? Sie wissen schon, diese kleine Tür, die man eines Tages einen Spaltbreit öffnet, weil man gern Geschichten erfindet oder sich einfach beschäftigen will oder weniger traurig oder weniger verängstigt sein möchte, und beginnt, das weite, aufregende Feld der Möglichkeiten dahinter zu erkunden, so dass es sehr schwierig wird, die Wirklichkeit von dem zu unterscheiden, was Wirklichkeit *sein könnte*. Diese kleine Tür, die man als Kind leicht entriegeln kann, und die, wenn man es geschafft hat, sie zu entriegeln, für immer einen Spalt offen steht. Vielleicht ist genau das mit Gloria geschehen, an dem Tag, als Santini ihr im Kayserheimer Haus einen Besuch abstattete und sie Angst bekam und entschied, nicht lange zu überlegen – erinnere dich, Schnelligkeit und Hast nicht zu verwechseln – und er gab es zu, er sagte, ja, er habe Onkel Gio aufgesucht, er habe wissen wollen, wo Gloria sei und wo sie die Mädchen hingebracht habe, und er habe geglaubt, dass Gio auf die eine oder andere Weise Bescheid wissen würde, das sei doch

gestattet, sich das vorzustellen, Onkel Gio sei das, was
für Gloria einer Familie am nächsten komme, und es sei
doch erlaubt, sich Sorgen zu machen, nicht wahr, sich um
Gloria zu sorgen und um die Mädchen, eine unter jedem
Arm, er wolle ihr helfen, sagte er, er wolle Gloria helfen,
wisse aber in Anbetracht der Lage nicht warum, oder doch
ja, es gebe ein Bündel an Gründen, es erschien ihm, sagen
wir, grundlegend, es sei noch Zeit, ihr zu helfen, weil, sieh
mal, er habe gleich geahnt, dass etwas nicht stimmt (Santini plusterte sich bei diesen Worten auf), als er vor sechs
Jahren an den Ort des Brandes gekommen sei, es hatte
noch geregnet, sie hatten so lange auf ein bisschen Regen
gewartet, die Alten wären froh, sie würden sagen: »Das ist
gut für den Boden«, das sagen sie immer, und Santini war
dort nach Glorias Anruf aufgetaucht, sie hatte ihm mitgeteilt, dass sie nicht dorthin wolle, nicht sofort, sie wolle
Stella nicht allein lassen, sie schluchzte so heftig am Telefon, dass Santini ohne sie hinfuhr, und die Feuerwehr war
immer noch vor Ort, immer noch fiel Regen auf die rau-
chende Halle, ein Polizist, den Santini gut kannte, hatte
ihm erklärt, dass er nichts Beweiskräftiges gefunden habe,
abgesehen von Reifenspuren, Vespaspuren, die um die ver-
kohlten Überreste des Lagers herumführten, ob Samuel
Beauchard eine Vespa besitze? Nein, nein, Samuel Beauchard habe keine Vespa, und warum solle er im Übrigen
um seine eigene Lagerhalle herumfahren, wie um sicherzugehen, dass alles gut besprenkelt war, und dann fuhr
Santini zu Gloria und Stella, er musste zu Gloria und
Stella, und die Vespa stand direkt vor dem Gebäude auf
dem Bürgersteig, wie immer, war ganz verdreckt, voller

Schlamm, aber auch da hatte er sich noch gewehrt, er war einen Moment lang neben der Vespa stehen geblieben und hatte gegrübelt, und er hatte entschieden, nichts zu sagen, sechs Jahre lang hatte er nichts gesagt, aber nun glaube er, dass er sich geirrt habe, er denke ernsthaft, dass Gloria ein Geständnis ablegen sollte, die Tatsache, dass sie sich entschlossen hatte, mit den Mädchen zu fliehen, habe ihn davon überzeugt, alles wäre leichter, so ist das immer, Schuld ist eine ganz schön schwere Last, meine Schöne, sie wiegt Tonnen, die einzige Person, von der er glaubte, sie würde Gloria nah genug stehen, um darüber informiert zu sein, war Onkel Gio, aber Gio wusste gar nicht so viel, oder wollte nichts wissen, es ausblenden, also musste Santini wohl oder übel vor Gio auspacken, der zunächst kein Einsehen zeigte und sich hinter seiner Unfähigkeit zu sprechen verschanzte, so tat, als würde er nichts verstehen, obwohl man sehen konnte, wie seine Augen sich immer stärker trübten, je genauer Santini ihn ins Bild setzte, man hätte sogar glauben können, dass er weinte, aber das war bei seinem grauen Star und seinen immer feuchten Augen schwer zu sagen, er war nicht in besonders guter körperlicher Verfassung als, du weißt schon, als er starb, aber gut, es war schmerzhaft mitanzusehen, wie der Mann zusammenbrach, wie sein Weltbild zusammenbrach, wie er sich zu Beginn wehrte, sich versteifte, man konnte sehen, wie er sich in seinem Stuhl aufbäumte, wenn er gekonnt hätte, wäre er mit den Händen auf den Ohren fortgerannt, um nicht zu hören, was Santini ihm berichtete, wie hätte Santini auch wissen sollen, dass seine Enthüllungen Gio derart in Verzweiflung stürzen würden, dass er keinen anderen Ausweg sah, als freiwillig in den Tod zu gehen, um dieser Welt der Niedertracht und des Verrats zu entkommen. Denn Santini wusste über alles Bescheid. Nach Glorias Weggang, was sage ich, nach ihrer Flucht, hatte Santini sich wirklich mit der Sache beschäftigt, er hatte sich gefragt, warum sie plötzlich verstanden hatte, dass er es verstanden hatte, er hatte ihr gegenüber wohl irgendwas erwähnt, und das hatte sich in Glorias kleinen Kopf gegraben und sie hatte es vorgezogen zu verschwinden, was sage ich, zu fliehen, sie hatte verstanden, dass er wusste, was in jener Januarnacht in Samuels Werkstatt geschehen war, bevor die Feuerwehr anrückte, sie hatte verstanden, dass er das Puzzle Werkstatt-Brand-Samuel-Gloria zusammengesetzt hatte, auch wenn sie am Tag nach dem Brand artig und gründlich ihre Vespa geputzt hatte; es ist Santinis Job, die Dinge zu durchschauen, auch wenn man ihn anlügt, und ich kann dir sagen, dass meine Mandanten mich oft anlügen, das ist schon fast eine Frage des Prinzips bei einem Anwalt, nicht wahr, aber im Übrigen, so unter uns, habe sie davor schon mal einen solchen Brand gesehen, so ein Brand ist beeindruckend, man kann sich nicht vorstellen, wie beeindruckend das ist, ein Streichholz, ein paar leicht entflammbare Mittel, und paff, eine Fackel, es ist a-tem-be-rau-bend, gut gut gut, reden wir nicht um den verbrannten Brei herum, entschuldige, das konnte ich mir nicht verkneifen, da hast du dich also getäuscht, meine Schönste; sie habe ihm nicht genug vertraut, denn weder Gio noch er hätten gegen ihren Schützling ausgesagt, es war schon schwer genug (oder demütigend, je nachdem) zu begreifen, dass man manipuliert wurde, dass man jemandem sein Vertrauen geschenkt hat, ohne etwas zurückzubekommen, dass die einzige Person, der man, und so weiter, und in dem Augenblick beschließt Gloria, ihn zu unterbrechen, denn er ist imstande, stundenlang oder sogar tagelang so weiterzureden, sie sagt, »Ich hör dir zu, ich hör dir zu, aber komm, ich werde uns etwas zum Mittagessen machen«, und das nimmt ihm den Schwung, und schon findet sich Santini am Küchentisch wieder, wo er Tomaten schneidet, um Gloria behilflich zu sein, seine bordeauxrote Samtjacke hat er abgelegt, darunter trägt er ein kariertes Hemd, Flanell vielleicht, auf jeden Fall etwas, das die Monatsmiete einer Dreizimmerwohnung in Marseille gekostet haben muss, Santini scheint zu glauben, dass er jeden Moment fotografiert werden könnte und er in jeder Lebenslage elegant sein muss, ein rührender blinder Fleck bei ihm, sein Wunsch, dass niemand errät, dass er aus einem kleinen Dorf in Castagniccia stammt und in seiner Familie nur sein Vater lesen konnte, er glaubt, dass Anerkennung durch schickes Aussehen entsteht – oder was er darunter versteht. Doch er stellt sich nicht schlecht an – außer was Autos betrifft, und Jukeboxes.

Er schneidet die Tomaten in Scheiben, die letzten der Saison, von einem Kleinbauern, sie sind sogar besser als die im Süden, kannst du das glauben, Tomaten aus dem Elsass, sie sagt das wie: Tomaten vom Mars. Sie legt Aufschnitt auf ein Holzbrett: »Sie haben hier auch einiges an Wurst zu bieten«, sagt sie, Santini sind die Tomaten und die Wurst herzlich egal, aber er hat den Faden verloren, normalerweise verliert er nie den Faden, aber er wird sentimental, da kann man nichts machen, man ist dem anderen ausgeliefert, denn er mag Gloria sehr und er versteht nicht, wie es so weit kommen konnte, Santini ist gut, aber er hat sich an der Nase herumführen lassen, das geschieht sogar den Besten.

38

Erst, als die Schule sie anrief und ihr mitteilte, dass Loulou ins Krankenhaus gebracht worden sei – wie es das Notfallformular, das Gloria zu Beginn des Schuljahres ausgefüllt hatte, vorsah –, erst, als die Schulkrankenschwester sagte, dass der Rettungswagen Loulou abgeholt habe und Gloria sich so rasch wie möglich ins Krankhaus von Bottenbach begeben solle, tauchte sie aus der Trance auf, in der sie sich seit Santinis Ankunft am Morgen befunden hatte. Ihr Handy hatte geklingelt, ohne dass sie es bemerkt hatte. Am Seeufer war schlechter Empfang. Sie stellte fest, dass sie neue Nachrichten hatte, als sie durch den Garten zum Haus zurückging, um die Reste ihres Mittagessens wegzuräumen. Reglos im kalten Gras stehend, hörte sie sie ab, für ein besseres Verstehen einen Finger in dem Ohr ohne Telefon. Und erst da wurde ihr bewusst, was gerade geschehen war. Es war, wie schlagartig nüchtern zu werden oder eine Adrenalinspritze mitten ins Herz. Sie stürzte zum Auto und fuhr nach Bottenbach, während sie wieder und wieder dachte, Ich werde bestraft, und diese fünf Silben klopften gegen ihre Schläfen wie Bienen an ein Fenster, so war es auch, als sie ein kleines Mädchen war und ihre Eltern sich stritten oder sie eine schlechte Note bekam oder eines der Kinder im Hof von der Bank aufstand, sobald sie sich setzte, sie dachte, Ich werde bestraft, weil das Gleichgewicht des Universums von diesem Prinzip abhängt, eine schlechte Tat führt zu einer Störung, und die Ordnung muss wiederhergestellt werden, und diese Quantentheorie der Güte bestätigt sich, sobald etwas schlecht läuft. Ich werde bestraft. Aber welche Bestrafung das Universum auch für sie bereithielt, Santini musste verschwinden, niemand konnte das Gegenteil behaupten, und sie hatte die Mittel, um ihn verschwinden zu lassen, sie hatte eine Waffe und einen See, eine Waffe und einen See und große Angst, große Angst um ihre Töchter; wer würde sich um sie kümmern, wenn Gloria für ihre Taten Rechenschaft ablegen müsste, da er wusste, dass sie sich in der Nacht des Brandes auf ihre Vespa gesetzt hatte; sie hatte Stella allein gelassen, sie hatte Stella GANZ ALLEIN gelassen in der Nacht des Brandes, das ist wirklich übel, und war zu Samuels Werkstatt gefahren, sie musste die Halle, in der sich die Werkstatt befand, loswerden, all ihre Sorgen, all ihre Schwierigkeiten mit Samuel hatten mit der Werkstatt zu tun, sie hatten oft über die Druckerei nebenan gesprochen, mit der es bergab ging, und die Typen, die draußen nur einen Meter von den Tanks mit dem Isopropylalkohol entfernt rauchten, Gloria hatte gesagt, Irgendwann werden sie noch alles in Brand stecken, alles war nachlässig verstaut, sogar die Trocknungsverzögerer in den Sprühflaschen lagerten unter einem Vordach, Santini und Gloria diskutierten oft über die Gefahr, die die Nähe zu ihnen darstellte, Santini wollte die Druckerei schließen lassen, Samuel neigte dazu, es aufzuschieben, aber was Santini nun klären wollte, war von entscheidender Bedeutung: Er wollte sich versichern, dass Gloria wirklich nicht gewusst hatte, dass Samuel in die Werkstatt zurückgekehrt war, um auf dem alten Sofa zu schlafen und seiner Frau nach dem erneuten Streit Zeit zum Abregen zu geben – Samuel hatte mit Santini über Glorias Launen gesprochen, über ihre punktuelle Grausamkeit, er hatte sich nicht beschwert, sondern nur gesagt, dass er sich manchmal Sorgen mache, er war jemand, der über eine Tornadowarnung gesagt hätte, Wir werden uns zwei, drei Minuten verkriechen, und wenn Santini sich nach Gloria erkundigte, sagte er, Ich glaube, es ist vorüber, sie ist anders, es geht ihr besser. Das hatte Santini keine Ruhe gelassen, er war zu dem Schluss gekommen, dass es nur ein Unfall gewesen sein konnte und Gloria nun mit einem erdrückenden Schuldgefühl leben musste. Er hatte gedacht, dass es vielleicht Zeit war, Gloria von ihrem Schuldgefühl zu befreien.

»Sprache ist Macht, mein Schatz«, hatte er erklärt. »Wenn ich sage, dass du den Vater deiner Kinder getötet hast, ist es nicht das Gleiche, wie wenn ich sage, dass du ungewollt für seinen Tod verantwortlich bist. Ich kann von einem Kollateralschaden sprechen, von einem Unfall.«

Was er ihr also vorschlage?

Dass sie gestehe und er sie verteidige?

Der Gedanke war Gloria unerträglich.

Wie konnte er nur eine Sekunde lang glauben, dass sie ihren Töchtern einen solchen Schmerz zufügen würde? Wie konnte er glauben, dass sie es überstehen könnte, ihnen ein solchen Schreck einzujagen? Denn was dachte er sich denn dabei, dieser Santini, dachte er, dass sie es auf die leichte Schulter nehmen würden, dachte er, dass die Kleinen (die Kleine) sagen würden, »Ach ja, natürlich, Mama hat Papa umgebracht, aber es war nur ein Unfall«? Aber nein, das Entsetzen wäre größer als alles andere. Verbrechen, monströse Lüge, Albtraum: Dunkle Worte, apokalyptische Visionen befielen Gloria. Aber sie ließ sich nichts anmerken. Das gelang ihr nun schon seit sechs Jahren. Sich nichts anmerken lassen.

Er sprach weiter. Als er bei seinem Besuch in Fontvielle mit Gio darüber gesprochen hatte, hatte dieser keine Meinung dazu gehabt, denn Gio hatte sich nicht einmal vorstellen können, dass Gloria, sein kleiner Schützling, die Lagerhalle und all das, was sich darin befand, in Brand gesteckt hatte, dann zurück zu ihrer Wohnung gefahren war, Stella einen Kuss auf die Stirn gegeben und sich hingelegt hatte, um ihren Rausch von all dem schlechten Gin, den sie intus hatte, auszuschlafen, einzuschlafen mit dem vagen Gedanken, Oh, er wird morgen schon sehen, das wird ihm Beine machen. Und Gio war so verzweifelt gewesen, dass er sich zu einem pathetischen Suizid entschlossen hatte, so hatte Santini es formuliert, er hatte vom Pathos in Gios Selbstmord gesprochen, die beiden hatten sich nie gemocht, und Gloria hatte ihn gefragt: »Du hängst mir Onkel Gios Suizid an?« Santini hatte geantwortet: »Das ist genau das, was du bei mir auch versucht hast.«

Und dann war Folgendes geschehen:

Sie hatte alles perfekt organisiert. Sie aßen auf der Veranda zu Mittag, dann schlug sie vor, den Kaffee am See zu trinken. Sie müsse über all das nachdenken. Das verstehe er, nicht wahr? Er verstand. Sie packte eine Thermoskanne und zwei Tassen ein. Und sie gingen langsam aus dem Garten, Seite an Seite, seine Hosenbeine und Lederschuhe wurden nass, ihre Gummistiefel auch. Er hörte nicht auf zu wiederholen, dass er wisse, dass sie ein liebes Mädchen sei. (Nur, korrigieren Sie mich, wenn ich mich irre, wer hat schon Lust, ein »liebes Mädchen« zu sein oder zu werden?) Da sie sich immer stärker verschloss, wechselte er das Gesprächsthema, er sprach über Immobilien, er sagte, dass er einen Bauernhof in den Alpillen gefunden habe, dass er einen Infinity-Pool ausheben lassen werde und dass die Mädchen zu Besuch kommen könnten, ob sie wisse, was ein Infinity-Pool sei, ja, sie sei ja nicht erst acht, gut gut gut, sie solle wissen, dass er immer für die Mädchen da sei, er sei doch ein wenig wie ein Großvater für die Kleinen, nicht wahr? Und warum sollten sie plötzlich einen Großvater brauchen? Sie geben sich seit geraumer Zeit mit einer aufmerksamen und beschützenden Mutter zufrieden. Glaubst du wirklich, dass das nicht genug ist? Santini und sie sitzen da gerade auf dem Baumstumpf einer Eiche, die auf dem kurzen Strand als Bank dient. Er fragt: »Hast du den Zucker mitgenommen?«, und sie antwortet: »Ja, bin ich denn bescheuert?«, schlägt sich gegen die Stirn, steht auf und läuft zurück, »Ich brauche nur eine Sekunde«, ruft sie, während sie davoneilt, »Mach dir keine Umstände, ich trink ihn auch so«, aber sie ist schon weit weg, sie ist unter den Bäumen, rennt den Weg entlang, zum Haus, springt die Stufen hoch, reißt die Tür auf, nimmt die Treppe in den ersten Stock, steuert direkt auf ihre Wäscheschublade zu, schnappt sich die Beretta, zieht sie aus ihrem Filzetui, nimmt die Fünfziger-Schachtel Munition, die sie unter ihren Lattenrost geklebt hat, läuft wieder runter, lädt die Pistole und geht mit raschem Schritt zum Strand. Santini hört sie kommen – das Geräusch ihrer Schritte auf dem Nadelteppich, diesem üppigen und feudalen Teppich –, er weiß, dass sie nun ganz nah ist, aber er blickt weiter auf den See, wunderschön, menschenleer, unerschrocken, er sitzt da ganz versonnen, unser Santini, er überlegt bestimmt schon, wie er sein Plädoyer aufbaut, und sie bleibt direkt hinter ihm stehen, er dreht sich zu ihr um, »Es gab keinen Zucker mehr«, sagt sie, er erhebt sich, schaut sie an, sieht zugleich verdutzt und amüsiert aus (als erzählte sie ihm einen guten Witz), sie zielt, die Kugel trifft ihn mitten ins Herz. Samuel hatte ihr schließlich gesagt, dass sie unglaublich gut ziele.

Das Problem mit Handfeuerwaffen ist, so sagte Onkel Gio, dass man, wenn man eine hat, dazu neigt, sie als *die* Lösung zu betrachten.

Und wenn du über einen 110 Meter tiefen See in deiner Nähe verfügst, wird das Ganze wirklich verlockend. Ich muss dir nicht sagen, dass darin alles verschwinden kann. Es ist, als würdest du deine Autobatterie in den Kanal werfen. Pluff, ich beschwere das Ding und schwupps, vergessen. Das ist wirklich zu verlockend.

Aber, damit musste man rechnen, die Strafe ließ nicht lange auf sich warten. Diese Art von Verhalten stört die universelle Ordnung. Und Loulou, dieses wundersame Wesen, ist diejenige, die dafür bezahlt.

Als Loulou geboren wurde, war sie so zart, dass Gloria fast glaubte, ihr Blut sei aus Luft, ihr Leib so leicht, dass ihre Kleine beim kleinsten Windstoß davonfliegen könne. Unter der Haut an ihren Schläfen, die dünn und durchscheinend war wie Löschpapier, sah sie ihr Leben mit einer Geschwindigkeit pulsieren, die an das Herz eines Rotkehlchens erinnerte. Als Kind hatte Gloria ein Rotkehlchen in den Händen gehalten und ein schmerzliches, entzückendes Gefühl in Erinnerung behalten, in ihrer Handfläche war fast nichts, nicht mehr als ein paar grätenfeine Knochen, so beweglich, als wären sie nicht mit einem Leib verbunden, so verletzlich, aber all dem trotzte dieses stete, frenetische Pulsieren, das ihr solche Angst eingejagt hatte. Wie konnte man mit einem so schnell schlagenden Herz überleben? Mit einem so kleinen Herz. Die Beschaffenheit von Loulous Körper schien ihr, trotzdem die Muskeln fehlten, sonderbar fest. Und ihre Haut war weich und glatt und zart, und an ein paar Stellen sehr trocken, leicht krümelig; Loulou glich weniger einem lebendigen Tier als etwas Essbarem, und Gloria verbrachte ihre ganze Zeit damit, ihrer Kleinen die Fußsohlen zu streicheln und zu denken, Sie sind noch nie gelaufen, sie sind weich wie kleine Orangenküchlein, und sie rollte einen winzigen Zeh nach dem anderen zwischen ihren Fingern und überlegte, wie dünn wohl die Adern waren, die sie versorgten. Und es kam ihr der schmerzhafte, verblüffende Gedanke, nie werde ich zu diesem kleinen Mädchen sagen können: Zeig Papa, wie schön du aussiehst. Denn Samuel war nicht mehr da.

Mit zerzaustem Haar hatte sich Gloria im Krankenhaus von Bottenbach als Mutter von Analuisa Beauchard vorgestellt, man sagte ihr, sie müsse sich gedulden, also nahm sie auf einem orangefarbenen Plastiksessel direkt neben dem Automaten für warme Getränke Platz, der beruhigend wirkte durch sein Surren und seine Verlässlichkeit (der Kaffee ist Plörre, der Tee kochend heißes Geschirrspülmittel), blieb dort sitzen und kaute ihre Nägel und Fingerspitzen ab, während sie beobachtete, wie die Notaufnahme sich unserer winzig kleinen Leben annimmt, die Notaufnahme, in der man unseren Dreihundert-Euro-Pullover zerschneidet, nur damit wir besser Luft bekommen, die Notaufnahme, der es gründlich egal ist, ob wir unter den Armen rasiert sind oder nicht, die Notaufnahme, in der man unsere Lieblingsschuhe mitten auf dem Gang verliert, die Notaufnahme, die handelt und die Verbindung zwischen uns und dem Tod darstellt, zwischen uns und dem brutalen Ausschalten der Maschinen.

Sie konzentrierte sich auf dieses Ballett, um nicht von der Angst aufgefressen zu werden.

Irgendwann fing sie sich wieder und ging hinaus, um Stellas Schule anzurufen, sie stellte sich draußen auf den glitschigen Vorplatz, das Gesicht zum wolkenverhangenen Himmel gereckt, sie sprach mit dem Zuständigen der Schule, bat, Stella möge sie zurückrufen, es sei dringend, der Typ am Telefon blieb unbeeindruckt, sie hatte nicht übel Lust, ihm auf die Entfernung die Augen auszukratzen, sie sagte: »Ich bin im Krankhaus bei ihrer kleinen Schwester.«

Nachdem der Typ ihr versichert hatte, dass er Stella aus der Turnhalle holen würde, legte Gloria auf und ging wieder hinein. Ein Mann in weißem Kittel, auf dessen Brust ein Stethoskop baumelte und der über den Empfangstresen gebeugt stand, drehte sich zu ihr um.

»Ah, mit Ihnen muss ich sprechen.«

»Wo ist meine Tochter?«

Der Mann hat volles Haar, auf das er stolz zu sein scheint, und den orangestichigen Teint der Leute, die sich zu viel UV-Licht aussetzen oder sich im Winter mit Selbstbräuner einschmieren; er mochte zwischen fünfzig und siebzig Jahre alt sein. Schwierig zu schätzen.

»Folgen Sie mir«, sagt er.

Er führt sie vom Gang aus in einen überheizten Raum, durch das Fenster sieht man die rötlichen Bäume zittern, sie bemerkt, dass an der Wand keine Uhr hängt, sie bemerkt es sofort, denn an dem Tag, als man ihr mitteilte, dass ihr Vater tot war, geschah dies in einem kleinen Raum des Krankenhauses, in dem keine Uhr hing; ihr Vater hatte sie vorgewarnt, er hatte gesagt: »Sie sollen, wenn sie der Familie den Tod des Angehörigen mitteilen, nicht in Versuchung geraten, auf die Uhr zu sehen.«

Der Mann mit dem vollen Haar lässt sie in einem Skai-Sessel Platz nehmen, er selbst setzt sich an einen kleinen Tisch und schaut in seine Notizen.

»Ihre Tochter wurde mit Monophosphan vergiftet.«

Du wirst bestraft.

»Aber wo ist sie?«

»Sie ruht sich aus.«

Gloria versteht nicht, ob er »Sie ruht sich aus« oder »Sie ruht« meint. Sie starrt ihn an.

»Wo ist sie?«, fragt sie erneut.

»Sie ist in einem Zimmer im ersten Stock, wir müssen noch ein paar Untersuchungen machen, sie unter Beobachtung halten und verstehen, wie sie sich mit Monophosphan vergiften konnte.«

Er hat »vergiftet« gesagt, sie mag dieses Wort nicht.

Ihr Handy klingelt. Der Mann schaut affektiert, aber sie gibt ihm zu verstehen, dass seine Reaktion überflüssig ist, sie wird rangehen. Es ist Stella. Gloria sagt »Komm hierher«. Sie sagt »Phosphan«. Sie sagt: »Es geht ihr gut.« Als sie das ausspricht, fixiert sie das Gesicht des Mannes vor ihr, er hat sich wieder in seine Papiere vertieft, aber zieht unbewusst eine kleine Schnute, um die Nachricht zu relativieren.

Eine halbe Stunde später informiert Stella sie präzise darüber, was Monophosphan ist. Sie ist gerade im Krankenhaus angekommen. Ihr Sportlehrer hat sie abgesetzt. Es lag auf seinem Weg.

»Woher weißt du das alles?«, fragt Gloria. Sie sind in dem Raum mit den Skai-Sesseln eingesperrt.

Stella zuckt die Schultern.

»Ein Mädchen hat mir ihr Telefon geliehen.«

Und da Gloria nicht zu begreifen scheint:

»In Kayserheim haben wir vielleicht kein Netz, aber in der Schule haben wir Computer und fast überall WLAN ...«

Gloria schnaubt. Sie hat wirklich nichts verstanden. Sie wollte ihre Töchter schützen, indem sie sie von allem abschottete. Und währenddessen chattete Stella die ganze Zeit über mit ihrer Freundin Sarah in Vallenargues.

»Monophosphat wird als Pestizid eingesetzt. Verbotenerweise. Es löst Übelkeit, Kopfschmerzen und Halluzinationen aus. Und ruft neurologische Störungen hervor«, führt Stella aus.

»Sie haben mich gefragt, ob ich das Haus gegen Bettwanzen behandelt habe.«

»Zwei kanadische Schwestern sind in Thailand gestorben, weil ihr Hotelzimmer mit Phosphor desinfiziert wurde. Zumindest sagt das der Neuropathologe, der die Gehirne der Schwestern untersucht hat. Er hat Schädigungen durch starken Sauerstoffmangel gefunden, das ist das erste Symptom bei einer Vergiftung durch Phosphor. Das FBI hat übrigens ein Dutzend ähnlicher Todesfälle bei Touristen in Südostasien erfasst.«

»Das verstehe ich nicht. Wir sind in einem kleinen elsässischen Dorf, Schatz. Du redest vom FBI und von Thailand.«

»Und es riecht nach Knoblauch oder Fisch.«

Stella spricht diesen Satz mit einem Hauch Süffisanz aus (sie kann nicht anders, sie wirkt aufgeregt über ihre Entdeckung, sie ist in einer eigenartigen Stimmung, ihre kleine Schwester hängt irgendwo zwischen Leben und Tod, und sie, sie hat die Lösung des Rätsels gefunden). Sie schaut ihrer Mutter in die Augen, in der Hoffnung, dass diese aufhört, Ausflüchte zu benutzen, um nicht verstehen zu müssen. Für Stella liegt die Sache klar auf der Hand. Sie befindet sich im letzten Kapitel eines Buches von Agatha Christie. Was die Realität dessen, was sich im

Zimmer im Stockwerk über ihr abspielt, sanft wegradiert.

»Sie benutzen es nebenan, im Sägewerk. Ich bin mir sicher, dass der alte Buch es benutzt. Er ist von Parasiten besessen. Alle Arten von Parasiten. Und erinnere dich. Es hängt dort immer dieser grässliche Geruch von verdorbenem Fisch in der Luft.«

Gloria versteht immer noch nicht. Ihr Gehirn hat Verbindungsprobleme.

»Loulou ist immer draußen, Mama. Sie arbeitet in ihrem kleinen Gemüsegarten, und sie hat den Sommer am See oder am Fluss verbracht. Sie hat sich vergiftet.«

Gloria zögert. Sie bemerkt nur, dass Stella sie Mama nennt. Es ist, als könnte sie trotz Visier nicht zielen. Oder als würde sie sich wegen einer Laufmasche sorgen, obwohl sie gerade einen Arm bei einem Autounfall verloren hat. Und dann denkt sie, dass die Polizei oder jemand anderes Offizielles und Strenges, den See inspizieren wird. Das, was sich im See befindet. Sie denkt wieder, Du wirst bestraft, als wäre sie der Mittelpunkt des Universums, das Epizentrum des Erdbebens.

»Die Hunde des alten Buch wurden vergiftet, Mama.«

Als hätte sie Zahnschmerzen, reibt sich Gloria vorsichtig die Wangen.

»Der Kerl gehört eingesperrt«, sagt Stella.

Gloria schüttelt den Kopf.

»Nein. Wir werden eine andere Lösung finden.«

# Epilog

Sie hätte aufhören sollen, aber genauso, wie man weiter die Medizin einnimmt, die einem bis dahin unmittelbar Erleichterung verschafft hat, sollte Gloria ihr Leben von nun an mit den Leichen einiger potenziell gefährlicher Störenfriede säumen. Ihre Töchter sollten von ihrer Neigung, Probleme ein wenig vorschnell auf diese Weise zu lösen, auch in Zukunft nichts erfahren, auch wenn diese spezielle Vorgehensweise sie alle drei dazu zwang, regelmäßig umzuziehen.

Es war ihre Art, die Geister zu vertreiben und zugleich gegenüber dem kleinen Mädchen, das sie einmal gewesen war – verängstigt und fleißig –, loyal zu bleiben. Im Grunde würde sie immer ein kleines Mädchen mit einer Axt bleiben.

Denn es war der einzige Weg, den sie gefunden hatte, sich zu wehren, ohne sich anzupassen. Sich zu wehren gegen lieblose Mütter, Röntgenstrahlen, die das Haar ausfallen lassen, Teer in den Lungen, die ständige Selbstdarstellung, die verkümmernde Begierde, das gleichförmige Geficke, Machtmissbrauch, das Gefühl des Betrogenwerdens, Mikropartikel, Metastasen, Geiz, üble Nachrede, Neid, Konsum, die Unterhaltungsindustrie und das Fehlen von

Talent, oder eher die besessene Ausschlachtung jedes noch so kleinen Talentmoleküls, auch wenn es ums Ausmalen oder Karaoke geht.

Das war ihr Mantra als Miss Universum: Ich wünsche mir eine bessere Welt.

Miss Universum mit einer Beretta.

Haben Sie noch nie davon geträumt, einen Idioten einfach aus dem Weg zu räumen – und nur halb im Scherz verlauten zu lassen, dass sie gerne ein Kopfgeld aussetzen würden?

Gloria teilte Ihre Bedenken nicht.

Da gab es also nach der Abreise aus Kayserheim die Besitzerin des Wohnhauses, in dem Gloria und ihre Töchter in Paris lebten, eine Frau, die zu glauben schien, dass sie uneingeschränkt über ein Lehensgut loser Parkettböden, müffelnder Teppiche und untergebener Sklaven herrschte. Sechs Monate lang hatte sie das kolumbianische Paar ohne Papiere im zweiten Stock erpresst. Dann brach sie sich auf der Treppe das Genick.

Außerdem gab es da die Alte in dem kleinen Dorf Fronterac, die Katzen das Fell abzog und sich daraus Schals und Handschuhe machte. Ihr Garten grenzte an das Haus, in dem Gloria mit den Mädchen wohnte. Durch ein Loch im Zaun war leicht hineinzukommen. Die Alte erstickte schließlich an einem Hühnerknochen.

Der letzte, meines Wissens nach, war ein Lehrer von Stella, der eine starke Neigung zur Belästigung junger Mädchen hatte – unsittliche Berührungen, Drohungen, anzügliche Bemerkungen und die Fehleinschätzung, er würde ungestraft davonkommen. Er wurde an einem Sonntag auf einer kleinen Straße in der Nähe von Châteauroux über den Haufen gefahren – er fuhr gern Rennrad im hautengen Lycra-Anzug über gewölbten Waden. Der Raser wurde nie gefunden.

Auf der Dachterrasse ihres Hauses in Castagniccia sitzend, ließ Gloria noch einmal ihre Siegesreihe Revue passieren. Sie ist keine, die um ihre zukünftige Strafe feilscht. Schließlich haben ihr diese »Ausbesserungen« große Erleichterung verschafft. Sie seufzt und schaut über die Kastanienbäume und das brennende Gestrüpp, sie riecht den Curryduft der Strohblumen, sie sieht den Kampanile der Kirche und die Schieferdächer des Dorfes, dann fällt ihr Blick auf ihre Beine, die ausgestreckt auf der Steinbank vor ihr liegen: kurz, muskulös, fleckig. Sie überlässt sich einer freundlichen Selbstbetrachtung, schüttelt angesichts ihres alternden Körpers den Kopf, ist jeden Tag überrascht über die Abnutzungserscheinungen, beobachtet das Schwinden ihrer Kräfte mit der Präzision eines Insektenforschers. Denn im Grunde, trotz der Krokodilhaut und der sich trübenden Sicht, ist sie immer noch das kleine Mädchen mit der Axt.

Wie lässt man das kleine Mädchen in sich erwachsen werden?

Gloria hatte das Kayserheimer Haus nach Loulous Genesung verkauft – und nach dem Suizid des alten Buch –, war mit den Mädchen herumgereist; sie ließ sich eine Zeit lang irgendwo nieder und zog dann weiter, ihre Töchter warfen ihr ihre fehlende Sesshaftigkeit vor, akzeptierten aber lange Zeit, in ihrer Rettungszone zu bleiben. Und dann hat Gloria das hohe Schieferhaus inmitten der kor-

sischen Kastanienwälder gekauft. Du hast dich nun endgültig aus dem Staub gemacht, hätte Santini gesagt.

Ihre Töchter bevorzugen kühlere Gefilde: Stella lebt nun
in Montreal mit einem Mathematikprofessor, und Analuisa, die von niemandem mehr Loulou genannt wird, ist
Tierpflegerin im Berliner Zoo. Von ihrer Phosphatvergif-
tung hat sie ein paar neurologische Störungen zurück-
behalten, aber ihre letzte manische Phase liegt mehrere
Jahre zurück. Sie wirkt recht glücklich und ruhig. Manchmal sagt sie mit einem leisen Lachen, dass sie am Ende alle
Tiere des Berliner Zoos freilassen wird. Gloria stellt sich
dann vor, wie die Friedrichstraße von Luchsen erstürmt
wird, Geier auf dem Brandenburger Tor hocken und in
Grunewald Paviane umherspringen. Gloria weiß, dass ihre
jüngste Tochter, so verrückt und gut wie sie ist, eines Tages
wirklich das wilde Herz der Stadt befreien wird. Daran
hegt sie keinen Zweifel.

Seit sie auf Korsika lebt, schweigt Gloria hartnäckig. Sie
hat ihren Töchtern geschrieben, die entschieden haben,
sich von ihr zu entfernen, und denen seitdem nichts Un-
angenehmes passiert ist, ihren Töchtern, die ihr ganzes
Verteidigungs- und Schutzsystem in Frage stellen, indem
sie sehr gut allein zurechtkommen, ihren Töchtern, die
aus der Welt der zärtlichen Unschuld und Sicherheit, die
sie für sie errichtet hat, entkommen sind. Gloria spricht
mit niemandem mehr; sogar ihr Hund, ihr grässlicher gelber Hund, der Michelangelo heißt, weil er so hieß, als sie
ihn bekam, dessen Namen sie aber nie ausspricht, sogar
ihr gelber Hund also versteht sie, ohne dass ihr auch nur
ein Wort über die Lippen kommt. Gloria lebt nun in einem

trockenen, aber wunderbar klaren Gebiet, wo kein Krampf, keine Arthrose, kein Kummer, keine Bedrohung sie bremsen können. Sie blickt von ihrer Terrasse auf ein Meer aus Büschen und hohen Kastanien, sie lächelt immerfort, niemand hat Angst vor Leuten, die lächeln, nicht wahr, sie spricht nicht mehr, hat nichts mehr zu sagen, muss den Mund halten, denn die Dinge waren, als Gloria sie noch in Worte fasste, wirklich zu verschroben und führten zu Ausschlag verursachenden Gedanken, es ist unnötig, sich darüber den Kopf zu zerbrechen, sie wird es nie vermeiden können, die Dinge stichhaltig und flüssig zu formulieren, also schweigt sie, sie lebt nach einem anderen Rhythmus, im Dorf nennt man sie die Marcaggi, oder die Ammutulitu, sie wirkt so harmlos, sie hat keine Grausamkeit mehr in sich, was tut sie also gegen die Eintönigkeit der Tage? Vor allem Spaziergänge mit ihrem gelben Hund, und sie bewirtschaftet ohne große Hingabe ein Stück Gemüsegarten, das mit Stockrosen zugewachsen ist, sie hackt Petersilie, Haselnüsse, Knoblauch, alles, was gehackt werden kann, sie liebt diese Bewegung, präzise, gleichförmig, klangvoll, sie bereitet Nudeln mit Hackfleisch und Tomaten zu, sie isst im Sommer Pfirsiche und im Winter Clementinen, klein, süß, perfekt, sie liest Lyrik, weil die Lyrik nichts anordnet und es um andere Dinge geht als um Worte, sie kann es immer weniger ertragen, dass die Leute nie die Klappe halten können, also meditiert sie unter dem Strohdach ihrer Terrasse, hört mit der prähistorischen und unzerstörbaren Musikanlage im Wohnzimmer Bartók oder Bach oder Klezmer, sie meditiert, grübeln ist so ein hässliches Wort, und sie atmet den Duft der Insel ein. Es gilt nun, sich an die winzigen Dinge zu halten, an die Posen der Eidechsen am Boden, an die Tramontana, die die Baumwipfel wogen lässt, an die kalten blauen Kacheln in der Küche, an die weißen Baumwolllaken, die so fadenscheinig sind, dass man sie für Libellenflügel halten könnte, an die staubgefüllten Schluchten hinter den Möbeln, an die Bewegung der Wolken, an die Zartheit dieser Porzellantasse mit der Macke am Rand, man muss sich an Details halten, denn ihr Zusammenspiel ergibt, mit etwas Glück, ein Gesamtbild mit tieferem Sinn. Und wenn es nicht so ist, wenn das kosmische Bild unbegreiflich bleibt, widmet man sich weiter achtsam und mit akrobatischer Spannung den Details in ihrer unendlichen Vervielfältigung, denn wenn man sich für die Stille entschieden hat, sieht man besser, das versteht sich von selbst, und man lässt davon ab, den Dingen mehr Tragweite und Bedeutung zuzuschreiben, als sie tatsächlich enthalten.